U0069251

現代日本人の生活と心

II

小室敦彦　著
謝良宋　註解
桂榮庭　插圖

鴻儒堂出版社　發行

本書作者著作簡介 —— 小室敦彥

1969年3月　東京教育大學文學部畢業。

1969年4月～ 1976年3月

日本神奈川縣公立高校教師。

1976年9月　來臺。曾任東吳大學日語系專任講師及輔仁大學東方語文學系、淡江文理學院兼任講師。

1979年8月　返日，現任日本高中教師。

著有「日本世俗短評」　(第一册)

「日本世俗短評」　(續　集)

「現代日本人の生活と心」(第一集)

「現代日本人の生活と心」(第二集)

本書註解者簡介 —— 謝良宋

一、早稻田日本語教科書初級（上）

二、早稻田日本語教科書初級（下）

三、早稻田日本語教科書中級

四、日本語入門（Japanese for Beginners）

五、現代日本人の生活と心Ⅰ、Ⅱ

小室敦彥　著　　謝良宋　註解

六、日華外來語辭典增補版

陳山龍　主編　　謝良宋　校閱

七、最新早稻田日本語（基礎篇）

八、新綜合基礎日語

現任教於輔仁大學日文系

再 版 序

「現代日本人の生活と心」Ⅰ、Ⅱ集頗受各界學習日語人士歡迎。

近聞購買此書者常指責本書中空頁太多，我們的本意是爲學習者記事之用，盡量多留空白，希望學習者多多利用，把此書當做專屬於您的書兼筆記本。另外畫出一些與課文相關的圖，供學習者參考。

1987年4月

謝良宋　謹識

目次

1. 国歌と国旗……7
2. 桜と菊……9
3. 天皇……11
4. 建国紀念日……13
5. 自衛隊……15
6. 見合い結婚……17
7. 結婚式と披露宴……19
8. チョンガー出張……23
9. ものぐさ人間……27
10. うさぎ小屋と働き中毒……33
11. 物価高ニッポン……37
12. ラッシュアワー……43
13. 終電車……49
14. 夜の街……53
15. 芸能人――そのふしぎな姿……55
16. 歩道と歩行者……59
17. 日本のホテルと旅館……63
18. 喫茶店と料亭……67
19. すわる……71
20. 料理の見本……75
21. おしぼりとお茶……79
22. 「食」の均一化……83
23. チップとサービス料……87
24. 飽食民族の涙ぐましい努力……91

25. 慣習と行儀…………………………………………………… 97
26. おじぎと握手…………………………………………………… 99
27. ルールとマナー……………………………………………103
28. 制服――その安心感…………………………………………105
29. カンニング……………………………………………………109
30. 身分不相応……………………………………………………113
31. 長者番付と脱税………………………………………………117
32. ふるさと………………………………………………………121
33. ジャパゆきさん………………………………………………123
34. チラシ広告……………………………………………………129
35. アフター　サービス…………………………………………133
36. 粗大ゴミ………………………………………………………137
37. おくりもの……………………………………………………141
38. 過保護会社……………………………………………………143
39. 日本の犯罪……………………………………………………147
40. 自殺……………………………………………………………151
41. 日本人の語学ベタ……………………………………………155
42. 東洋人の謙虚さ………………………………………………159
43. 流行歌とビデオ………………………………………………163
44. 流行歌…………………………………………………………167
45. カラオケ公害…………………………………………………173
46. あまりに日本的なクリスマス………………………………177
47. 日本人の笑い㈠………………………………………………181
48. 日本人の笑い㈡………………………………………………185
49. 日本の歳末風景㈠……………………………………………187
50. 日本の歳末風景㈡……………………………………………189

まえがき

4年前に出版した第1集に続いて，第2集を作る気持ちになったのは，畏友荒井孝先生のありがたい激励があったからである。荒井先生曰く，「この本がなぜおもしろいか。それは著者の考えなり，思想なりが入っているからだ」と。

そう言えば，一般に語学のテキストが無味乾燥なのは，ただ事物の羅列だけで思想（著者の見解）がないからかもしれぬ。

いやしくも，現在，日本語を習おうと志している人たちは，大部分が大人であろう。そのような人たちに対して，まるで道徳の教科書のような内容の例文だけではあきられてしまうし，第一失礼である。やはり，日本語を習いながら，その内容・文

前　　言

• 畏友：值得尊敬的知心朋友。　　㊟心の友

㊟印表示「言いかえ」，意思相似的辞句

◎印表示補充解釋

△印表示例句

章によって日本の社会の一端をも理解できるようなテキストこそ，日本語学習者が期待しているものではないのか。

題材や内容は，できるだけ現在の日本人の生活の中に求め，それに対して著者の考え・見解を加えたテキストなら，たとえ著者の考え・見解と学習者のそれとが違っていたとしても，学習者はいろいろ考えながら勉強できるはずである。

あまり著者の個性（日本人としての性格）が色濃く出すぎるのも鼻(はな)についていやかもしれないが，かといって，没個性の文章ほどおもしろくないものはない。良きにつけ，悪しきにつけ，著者の考えが適度に示されていた方が，同感するにしても，批判するにしても，読みがいがあろうというものである。

私は以上のような観点から，過去三冊の中国人（台湾の人々）

• 鼻につく：厭煩。　㊟いやになる

• かといって：雖然如此但（下接否定）　㊟だからといって

• 読みがいがある：值得一讀。　◎かい：効果；價值。

動詞連用形＋かいがある＝值得～；有～的效果。

△あの子は教えがいがある：那孩子值得教；教起來很有効果。

△この仕事はやりがいがある：這件事做得有意思。

△苦労のしがいがない：白費心血。

向けの日本語テキストを作ってきたが，今回もその立場は全く変わらない。

このテキストが単に日本語の学習に役立つだけでなく，現代日本への理解の一助ともなれば著者の望外の喜びである。

最後に，台湾の大学などで日本語を教えること三年余り，再び日本に帰り，今，私は以前と同じように日本の高等学校の教壇に立っている。そのため，本テキストの監修には，台湾在住の日本人の中で，最も日本語教育のベテランである荒井孝先生の全面的な協力を仰ぎ，又，中国語の註釈については，これまた，前回と同じく，この道の大ベテラン，日本語教育に全力を傾けておられる謝良宋先生のお手を煩わした。ここに厚く御礼を申しあげる次第である。

懐しき台湾，忘れ得ぬ士林の街並（まちなみ），外双渓の緑（みどり）………。今もあの時の想い出がよみがえり，目頭（めがしら）が熱くなるときがある。台湾と日本との友好，文化交流の発展を念じつつ………。

1984年3月

日本・神奈川県平塚市の寓居にて

小室敦彦　　記す

• よみがえる：回復過來。

• 目頭：眼角；眼睛靠鼻子的一邊。　↔目尻（めじり）：眼睛靠耳朵的一邊。

◎目尻のしわ：眼角魚尾紋。

• 目頭が熱くなる：感動得要流淚。眼睛裏充滿了淚水。

前　　言

接着四年以前出版的第一集，現在要出版這本第二集了。我之所以決心出這本書，是由於我的知友荒井孝先生的鼓勵和督促。荒井先生說：「這本書爲甚麼受大家的歡迎，那是因爲作者獨特的思想和見解，使文章生動有趣。」

誠如荒井先生的評語，一般語言教科書讀來枯燥無味，是爲了那些內容只是把事物的辭彙排列出來而已，並沒有作者個人的主觀見解之故。當今有志學日文的人士，大多是成年人，對這些學習者，專講些有關倫理道德的故事及例句，自然會使人厭倦，況且太小看他們，也太不夠尊重了。我想，學習者所期望的，應該是一本隨着學習語言又能從其內容和文句中了解日本社會之一端的書吧。

如果一本書的內容，能夠盡量從現今日本人的生活中選取題材，加上作者的見解和分析，而以最平常的日文來敍述的話，就算作者和學習者的想法不盡相同，我相信學習者自有機會學得各種事情而有所收獲。

作者的個性表露得過份強烈（所謂日本人的脾氣），或許會引起學習者的反感，但是總比沒有一點特色而引不起讀者興趣要好得多吧。無論如何，作者的種種見解果能引發讀者的共鳴或反駁，就算是值得一讀再讀的書了。

由於以上的觀點，我過去已出版了三本日語課本。主要以台灣的中國人爲對象。現在再出版這本小書的宗旨，也和以往相同。

希望這本小書不僅有助於日語的學習，更能幫助讀者了解當今日本的社會情況。

我是日本高等學校教師，曾在台灣的大學教過三年日語，現又回到日本，仍在高中任教。這本小書的編輯和出版事務，全承荒井先生的協助，荒井先生是現住台灣的日語教師中的佼佼者，相信對本書有最恰當的編排。中文註解仍請曾擔任第一集註解的謝良宋先生。均在此向二位深致謝意。

我常懷念台灣；那難忘的士林街道，外雙溪的青翠，如今仍不時的在我腦海中浮現。

最後，我由衷盼望，台灣和日本的文化交流能更上一層樓！

1984年3月

小室敦彥　　謹識

1. 国歌と国旗

最近の日本人ほど国歌と国旗に敬意を払わない民族も珍しいのではないか。

我々の日常生活で国歌を耳にする機会は，ほんとうに少ない。学校では，卒業式のときぐらいに歌うだけである。それすらやらない学校もある。その最大の理由は，歌詞の内容が「天皇の世がいつまでも続き栄えるように」ということにある。今は天皇中心の世の中ではないのだから，このような内容の歌を国歌とするには抵抗があるという人が多いのだ。

国旗も，儀式の会場や祝日のとき門の前に立てる（そういう家はきわめて少ないが）以外は，ほとんど見られない。

國歌與國旗

- それすら：甚至於那個（也……）。　㊟それも
- 抵抗がある：心裏不情願。　㊟いやだ；気がすすまない
- きわめて：非常。　㊟とても；非常に
- 天皇の世がいつまでも続き栄えるように：指日本國歌第一句「君が代は千代に八千代に」

我々が自国の国旗を見て，「ああ，自分は日本人なのだ！」という感じを抱く（いだ）のは，オリンピックなどの国際競技（こくさいきょうぎ）で，日本（にほん）選手（せんしゅ）が勝って国旗（日の丸）が掲揚（けいよう）されるときぐらいである。

台湾では，めでたいとき，よく国旗が掲揚（けいよう）されるので，旗屋（はたや）さんもけっこうはやるだろうが，日本では，旗屋さんは，日本中を探（さが）してみても数（かぞ）えるほどである。

- めでたいとき：吉慶時節。
- 旗屋さんもけっこうはやる：錦旗店的生意也相當不錯。

  ◎けっこう：相當的；意想不到的；意外的。

  △台湾の冬もけっこうさむい：想不到台灣的冬天也蠻冷的。

  ◎はやる：①流行。②（生意）興隆。

  △あの店はなかなかはやっている：那家店生意很好。

- 数えるほど（少くない）：少得可以數得出來；極少數。

2. 桜と菊

中国を代表する花が梅であるならば，日本を代表する花は桜といえるだろう。

花の命は短いが，桜はそのうちでも特に短い。やっと咲いたかと思ったら，一夜の嵐でさっと散ってしまう。昔，武士は名誉・潔白を重んじ，恥しめを受けるぐらいなら，むしろ潔く自害する道を選んだ。その散り方の潔さが，どちらも日本人の心をとらえてきたのである。

台湾のパスポートの表紙には「青天白日旗」が印刷されているが，日本の場合は「菊」である。菊は天皇家の紋章であり，その天皇は「日本の象徴」ということになっているからである。

櫻花與菊花

- 嵐：狂風暴雨。
- 恥しめを受ける：受到侮辱。
- 潔く：乾脆；勇敢的。　㊟勇ましく；きっぱりと
- 自害する：用刀自殺。　㊟自殺する

現在では，桜も菊も我々の生活に結びついている。日本各地には桜の名所があり，春4月ともなると，満開の桜の木の下で酒宴を開くのが，日本人の楽しみの一つになっている。又，秋になると，各家庭では菊作りに精を出し，その出来映えを競う展覧会も各地で催される。

• 菊作り：栽培菊花。

• 精を出す：致力；努力。

• 出来映え：成果。

3. 天　皇

日本は不思議な国である。というのは，「日本を代表するのは誰か」と聞かれたとき，「それは×××である」とすぐには答えられないからである。

1945年までは，確かに天皇が絶大な権力を持っていた。しかし現在では，天皇は単に「日本国の象徴」であるだけで，政治上の権力は何も持っていない。では，首相が日本を代表する元首かというと，そうとも言えない。外交儀礼上は，やはり天皇が元首として扱われることが多い。

このような天皇の存在に対し，「もっと天皇の地位を明確にしろ」と言う人もあるが，その数は少ない。多くの日本人は，

天　皇

天皇はこのままの形でいい，と考えている。なぜなら，1945年まで，日本人は「天皇のために」ということで，多くの犠牲(ぎせい)を強制(きょうせい)された。そういう苦(にが)い経験(けいけん)を持つ人は，天皇が再(ふたた)び強大(きょうだい)な権力を持つことを望(のぞ)んでいないからである。又，若い人たちも，天皇に対してほとんど無関心(むかんしん)であり，特に興味(きょうみ)を示(しめ)すということもない。

我々が天皇の存在を思いおこすのは，天皇誕生日(たんじょうび)という国民の祝日(しゅくじつ)のときと，相撲見物(すもうけんぶつ)などにおいでになられるときぐらいである。天皇は，日常(にちじょう)生活の中では，忘れられた存在であるといえる。

・無関心：不重視；不把它放在心上。　㊟気にかけない

・おいでになられる："出かける／行く"的最尊敬的說法；大凡有關天皇的行動，日本人都用最尊敬的語氣。

◎いく→いかれる→いらっしゃる→おいでになる→おいでになられる

4. 建国紀念の日

昨日は，日本は建国記念の日のため，今日月曜日は，振り替え休日となる。大きい会社では，土曜日も休みだから，結局三連休となり，この休みを利用して台湾に旅行に来る人も多い。ところで，日本という国はいつできたのか，あまりはっきりしない。この2月11日も第一代の天皇が即位した日ということだが，これは怪しい。なぜならば，この天皇は実在したかどうか疑わしいからだ。現在の日本という国家ができたのは，第二次大戦に敗れて以後だから，日本が敗れた日，つまり新しい日本が出発した日，ということで8月15日を建国記念の日にしようという人もある。中国の場合は10月10日の国慶節，アメリカは

建國紀念日

- 振り替え休日：補假。 ◎振り替え：轉賬。
- 怪しい：可疑；不可靠。 ㊟うたがわしい；いぶかしい

7月4日の独立記念日というようにはっきりしているが，日本の場合はどうもはっきりしないので，国民もこの日を祝おうという人はあまり多くない。これに関して年号という問題もある。この年号というのも天皇の意志によって作られたり，変えられたりしたものだから，一般大衆と関係ない，ということで廃止しようという意見もある。中国では前1世紀の中頃から使われて辛亥革命で廃止されたが，日本では7世紀の中頃から使い始めて，現在もまだ使っている。東アジアの国で年号を現在も使っているのは日本だけであろう。現在の日本人は天皇に対して，特別の関心を持っていない。天皇崇拝者はごくわずかである。この点イギリスは立憲君主制だが，まだ女王の権威は日本の天皇より強いと見られているようだ。

5. 自衛隊

あるユダヤ人が言った。「日本人は安全と水はただで手に入ると思っている」，と。

確かに国の安全を守るためには，ある程度の軍備が必要であろう。しかし，1945年まで日本では軍隊が強い力を持ちすぎ，多くの誤りを犯した経験から，大部分の日本人は，「軍隊はなくてもよい，たとえあっても自衛のための最小のものでよい」と考えた。そして，「日本の安全はアメリカに守ってもらう」という虫のいい方法を思いついたのである。そのおかげで我々日本人は現実の生活を十二分にエンジョイすることができた。

実際，日本の自衛隊は志願制であり，自衛隊員になるかどう

自衛隊

- ただ：免費；不要錢。
- 虫のいい方法：（對自己）方便的方法；只顧自己的方法。

かは本人次第である。街中に，「自衛官募集」のポスターが貼ってあることから考えると，自衛隊員が不足していることがわかる。中国には，昔，「才子は兵隊にならない」ということわざがあったが，日本では現在，多くの若者は，苦しいことを敬遠するという風潮もあって，自衛隊員になろうとしない。

自衛隊の装備は世界でも有数であるといわれるが，こんな状態では，ソ連などが攻めこんでくれば，ひとたまりもないだろう。

• 本人次第：由自己決定；自由；任意。 ㊟自分のいいようにする。

• 才子は兵隊にならない：好男不當兵。

• 敬遠する：敬而遠之；避開。 ㊟きらう；故意に避ける

• ソ連＝ソビエト連邦 Union of Soviet Socialist Republies：蘇聯。

• ソ連などが攻めこんでくる：指第二次大戰後蘇聯占據北海道北邊的四個島嶼，並積極增設軍事設備，因此日本倍受威脅。

• ひとたまりもない：不堪一擊。

6. 見合い結婚

現在日本では，70%が恋愛結婚であるが，これとは別に，日本古来の「見合い結婚」というのがある。

世話ずきな年配者の仲介によって，結婚を希望する男女が写真交換などを経て，ある場所で対面する。（但し，この男女はお互いに何の面識もないのがふつうである。）そのあと，しばらく交際してみて，結婚するかどうかを決めるのである。

こんな方法で，一生，生活を共にする相手を選んでまちがいはないのだろうか。意外に思うかもしれないが，こうした見合い結婚によって結ばれた夫婦は，離婚するケースが少ないという数字がでているのである。というのも，人生経験豊かな年配

相親結婚

- 見合い：相親。
- 年配者：年長者。
- 何の面識もない：素不相識；從未見過面。
- ケース case：案件。　㊟場合；事例。

者が，男女双方の結婚条件をよく見定めて，この条件ならこの人がピッタリだという人を結婚相手として選ぶからであろう。

恋愛結婚は，一時の愛情だけで結ばれることも多い。その愛情が冷えきったときには，離婚ということが待ちかまえている。最近では，日本も欧米並みに離婚が増え，大きな社会問題となりつつある。このへんで，見合い結婚のよさを再認識すべきではなかろうか。

- 見定める：看準；看明白；了解。
- ピッタリだ：恰巧好；合適。　△ピッタリ合う：恰巧吻合。
  ピッタリ＝ぴったり
- 冷えきる：冷透了；完全冷却。
- 待ちかまえる：正在等待。
- 欧米並みに：和歐美一樣。　㊟欧米人と同じに
  並み：同樣。

7. 結婚式と披露宴

最近の若い人は，とてもちゃっかりしている。結婚式や披露宴の費用のかなりの部分を親に出してもらうのだ。親の方としても，息子や娘の晴れの式だというので，彼らの願いをかなえてやろうとする。いったい，いつまで親のスネかじりをするつもりなのだろうか。

その結婚式・披露宴だが，最近は型にはまったものが多くて，ほんとうに心の底から「よかった」といえるものが少なくなった。新郎の親友が新郎の学生時代のエピソードや失敗談を暴露したり，スカートの丈とスピーチは短かければ短かいほどいいのに，一人で長々としゃべってばかりいる人がいるかと思うと，

結婚儀式與宴會

- 披露宴：公開聲明的宴會。
- ちゃっかりしている：爲人精明；會精打細算。
- かなりの部分：多半；大部分。
- 晴れの式：隆重的典禮。
- 親のスネかじり：咬父母的腿；轉義爲依賴父母。靠父母生活。

◎スネ＝すね：小腿。
- 型にはまった：老套。

ヘタな歌を何曲も歌い続けて，座をしらけさせる人もいる。司会者が会場の笑いを誘おうとして発することばも，内容が低級すぎてかえって笑えない，ということも多い。最後に新郎新婦が，相手方の両親に花束を贈呈すると，感きわまった両親は涙を流すというのも，なんとなく作為的でわざとらしい。

こんなことに多くの金を使うのはバカバカしいということで，最近は式や披露宴を簡単に済ませ，その分を新婚旅行や結婚後の二人の生活費に充てるという若者も多くなってきている。いかにも堅実な生き方のようだが，少々ちゃっかりしすぎてはいないか。というのは，結婚祝いはたくさんもらう，しかし，式や披露宴にはあまり金をかけないというのでは，あまりにケチくさく，みみっちいではないか。

• エピソード episode：插話；趣談。

• スカートの丈とスピーチは短かければ短かいほどいい：女人的裙子和演說是越短越好（林語堂）。

• 座をしらけさせる：使場面冷落無趣。

◎ しらける：冷漠；漠不關心↔エキサイト excite：使興奮；激發。

㊍サメる；興ざめる；気まずくなる

• 作為的：裝模作樣；故意的。　㊍わざとらしい

• バカバカしい：無聊；沒意義。　バカ＝ばか

㊟つまらない；くだらない；無意味。

• 結婚祝い：結婚賀禮。

• ケチくさい：小裏小氣。　ケチ＝けち

㊟みみっちい；しみったれた

～くさい：接尾型形容詞，接體言：有……的感覺。

△いなかくさい：土裏土氣。

△古くさい：陳舊。

△バカくさい：荒唐；無聊。　㊟ばかばかしい

△びんぼうくさい：寒酸氣。

• みみっちい：小氣；吝嗇。　㊟非常にけちだ

結婚披露宴

新郎　新婦

8. チョンガー出張

台湾にも多くの日本系の会社があるが，そこで働いている日本人の中には，奥さんや子供を日本に置いてきている人も多い。欧米では，たとえ短期間でも，夫婦が別居することは，離婚の正当な理由になるという。ところが，日本では国内の転勤の場合でも，夫だけ単身赴任することが多い。その理由は，子女の教育のためである。特に受験期を控えている場合には，親の転勤によって，子供が受験面で不利にならないようにということで，夫だけ寂しく任地へ赴くという形をとる。

短期間，海外へ出張する場合はもちろん，長期間海外に駐在する場合でも家族を伴わない人がいる。これも同じ理由からで

單身出差

- チョンガー（韓語 chong kak）：單身漢。
- 控えている：面臨；迫在眉睫。

ある。ただし，これはやはり正常(せいじょう)な姿(すがた)とはいえない。家族がいない寂しさから，夫は仕事が終われば，バーやキャバレーに直行(ちょっこう)し，金使(かねづか)いが荒(あら)くなるからである。

子供を外国の学校へ入れた場合，その国のことばを覚えられ，日本にいたのでは体験できない異文化(いぶんか)との接触(せっしょく)といったようなプラス面はあるが，一方では，その子供が日本に帰ってから，日本の学校の授業(じゅぎょう)についていけなくなり，有名校への進学(しんがく)ができず，将来(しょうらい)の出世(しゅっせ)コースから外(はず)れてしまう心配がある。なにしろ，日本は世界でも有数(ゆうすう)の受験地獄(じゅけんじごく)の国である。受験期を控(ひか)えた子供が，3～4年も海外の学校でのんびり過ごしていたら，たちまち学力は低下し，おいてきぼりをくってしまう。

長い目で見れば，海外生活を経験した子供は，国際感覚が豊(ゆた)

• バーBar：酒吧。

• キャバレーcabaret：酒吧兼跳舞的酒店。

c f.ナイトクラブ　night club：夜總會。

• 金使いが荒い：會花錢；出手大方。

• プラス面plus：好處；益處。　　プラス　plus：利益。

• ついていけない：跟不上。

• 出世コース：出路。　　コース course：路線；過程。

かになり，そういう子供の方が将来の日本にとってプラスにな

るはずだが，現実には，まだまだ受験戦争を勝ちぬいた子供の

方が，日本の社会で重きをなしている。

• 受験地獄：考試競爭激烈如處地獄。

• おいてきぼりをくう：被人撤下。　おいてきぼり：丟下。

～をくう：遭到～；被人～。

△げんかんばらいをくう：吃閉門羹。

△ひじでっぽうをくう：遭到峻拒。

• 長い目で見る：從長觀看。

• 重きをなす：處在優異的地位。

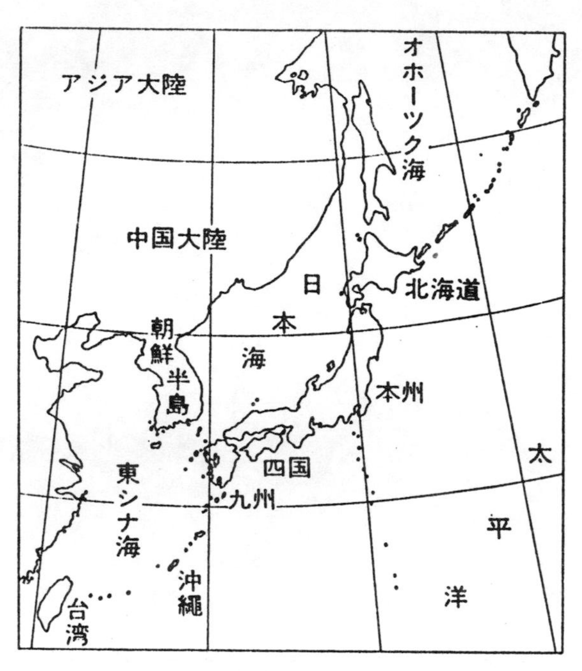

日本の位置

9. ものぐさ人間

最近の食生活は便利になったが，半面，味気ないことも多い。主婦が腕によりをかけて料理を作ることが少なくなった。街にはインスタント食品があふれ，自動販売機の中には，熱いうどんやカレーライス，ハンバーグなどが出てくるものもある。お湯をかけ，3分間待てば食べられるめん類は，すでにおなじみになったが，その他，パック（入り）のまま，お湯で3分間ぐらい温めればすぐ食べられるハンバーグ，シチュー，カレーライス，ごはんなどがみられるようになった。また，コロッケやしゅうまいなどをはじめ，多くの冷凍食品が店先にあふれている。これにちょっと火を通せばすぐ食べられるというのだから，

懶人

- ものぐさ：懶惰。
- 半面：另一面。
- 味気ない：沒趣；乏味。 ㊄あじきない；おもしろくない；つまらない
- 腕によりをかける：拿出全副精力；加意仔細努力。（製作某物品）
- ハンバーグ→ハンバーガ —hamburger：漢堡。

  ハンバーグ・ステーキ hamburger steak：漢堡牛肉餅。

確かに便利である。

ところで，こうしたインスタントものは，やはり味が落ちるので，自分で味つけをしたい，しかし材料を買いそろえるのはめんどうだという主婦(しゅふ)のために，最近では，食品会社が，材料(ざいりょう)を家庭まで運んでくれるシステムができた。たとえば，すきやきを作りたい場合，主婦はすきやきに必要な材料を食品会社から受けとり，あとは自分で好(この)みの味をつけて煮(に)ればよい，ということである。このシステムだと，主婦が材料をそろえるために買物にいく時間が省(はぶ)けるし，必要以上に余分(よぶん)なものを買わなくてもすむという利点もあるが（スーパーでは，必要な分量(ぶんりょう)だけ買うというわけにはいかない。こんなにたくさんいらない，と思っても，ワンパックいくらという売り方だから，小人数(こにんず)の

- おなじみ：（被一般人）熟悉。　　◎なじみ：熟悉。
- パック pack：包裝。
- シチュー stew：西式濃湯；燉（燜）的食品。
- コロッケ croquette：炸洋芋泥肉丸子。
- しゅうまい：燒賣。
- 味が落ちる：味道差。

家庭の場合，けっきょくはムタ買いをしていることになる。），材料を運んでくれる食品会社が，新鮮なものをもって来てくれるかどうかという点に，不安がある。

更に最近は，電子レンジが普及したため，あるものを早く温めたいなどというときには，非常に手間が省ける。たとえば，カレーライスをたくさん作っておき，余ったら冷凍冷蔵庫に入れておき，3～4日たって電子レンジで温めれば，味はほとんど損なわれることなくおいしく食べられる，というわけである。

このように，日本の主婦をとりまく食生活は確かに便利になった。しかし，そのことが必ずしも食生活を豊かにしているとはいえない。こんな簡便なものばかり食べていると，主婦を堕落させてしまう。現に，母親がリンゴの皮をむけないため，子

• 買いそろえる：買齊；全部買好。

• システム system：方式。

• すきやき：牛肉火鍋。

• 余分：多餘。

• ワンパック：一包；一個包裝；一袋。

• 小人数：人數少。

小人数の家庭：人口少的家庭。

供にリンゴのかん詰ばかり与えているという家庭もあるし，新婚の家庭の中には，まないたと庖丁がないところもあるという。何でもインスタントもので間に合わせるからだ。

食生活とは，ただ胃袋を一杯にすればよい，というものではない。「つくる」喜びを失なった食生活は，何ともさびしい限りである。

- ムダ買い：買了多餘的東西。　　ムダ＝無駄。
- 電子レンジ：微波電子烤箱。　　レンジ range：烤爐。
- 手間：勞力；工夫。
  手間が省ける：省力；省事。
- 損なう：失去。　味が損なわれる＝味が落ちる

• とりまく：圍繞。

• 現に：確實；實際上。㊟たしかに；実際に

• 皮をむく：剝皮；削皮。

• まないた：切菜板。

• 庖丁：菜刀。

• 胃袋：胃腑。

• つくる喜び：創造的樂趣。

10. うさぎ小屋と働き中毒

ヨーロッパ人にとって，日本の経済発展は，やはりおもしろくない面があるのだろう。彼らは，「うさぎ小屋の働き中毒」ということばを使って，日本を，日本人を批評する。「日本人の住宅は，うさぎ小屋のように狭く，しかも日本人というのは，人生を，生活を楽しむことを知らないで，ただ働いてばかりいる」というのだ。事実は必ずしもそうではないが，この批評どおりである点も少なくない。

日本人だって，広くゆったりとした住宅に住みたいと願っている。しかし，土地代・建築費が非常に高いので，やむなく，庭もない狭い住宅にがまんして住んでいるのである。狭い住宅

兔子窩和工作狂

- うさぎ小屋：兔子窩。
- 働き中毒：上了工作癮的人；工作狂　㊟ワーカホリック
- おもしろくない面がある：有看不順眼的地方；有令人不愉快的一面。
- 批評どおり：正如批評。　㊟批評のまま

どおり：當接尾辭＝〜のように；〜のままに。

△文字どおり：正如字面的意思。

△命令どおり：完全按照命令。

ではあるが，多くの便利な電気製品が整い，部屋の内部も機能的に設計してある。それに，マイカーを持つ家も非常に多くなった。こうして物質面での豊かさに囲まれているので，多少の住宅の狭さは仕方がないと思っているのが，日本人のいつわらざる気持ちなのである。だから，生活意識調査をすると，日本人の80％は，自分は「中流」(middle class)に属している，と答えるのである。こういうわけだから，今のところ，日本の政府がひっくりかえって共産主義になるとは，まず考えられない。

それに，日本には，大企業を中心として，社宅制度というものがある。従業員の福祉のため，企業が住宅を建て（これを社宅という），安い家賃で従業員に貸すのである。更に独身者の

△額面どおり：完全照標價。

△予想どおり：正如料想。

• やむなく：不得已。　㊟仕方なく；止むを得ず。

• がまん：忍耐。

• 機能的：合理而有効的。

• マイカーmycar：自用汽車。

• いつわらざる気持ち：出自本心。　㊟本当の気持ち

ために，独身寮などもあり，住宅難の解消を側面から支えている。また，企業の従業員が，マイホームを建てたいときなどは，その企業では安い利子で資金を貸し与えることも行なわれている。加うるに，大企業は，日本各地の名勝地に自分たちの保養所を持っており，従業員は夏や冬の長期休暇になると，安い費用でそれを利用し，日頃の疲れをいやすことができる。こんなけっこうな国が世界にあるだろうか。

次に，日本人が勤勉でよく働くことは事実だが，時間に関係なく働いているのではない。日本では，法律によって労働時間の枠が決められており，各企業でも，その範囲内で労働時間を決めているのである。ただ，急にやらなければならない仕事ができ，残業をしなければならないような時は，たとえ個人的な

いつわらざる＝いつわらない：眞實的。

いつわる：撒謊；欺騙。　　㊟うそをいう

• ひっくりかえる：顚倒過來；翻倒。

• 独身寮：單身宿舍。

• マイホーム my home：自己居住的房子；自家。

• 利子：利息。

• 加うるに：並且；加上。

用事があっても，会社の仕事を優先することに反対する人は少ない。

会社の休日は，会社によって多少違うが，大企業の場合，週休２日制のところも多く，年末年始の休み（６日間ぐらい），それに夏休み（１週間～10日間），国民の休日，会社の創立記念日などを含め，更に個人の年休を加えると，年間140日～150日ぐらいの勤務を要しない日数がある。（１年の2/5は休みということになる。）果して，これで働き中毒といえるだろうか。

• 枠：範圍；界限。
• 年休：年度假日。

11. 物価高ニッポン

「日本は世界でも有数(ゆうすう)の物価の高い国である」といわれる。それは確かにそうではあるが，又，「日本は世界でも有数の給料が高い国である」のも事実である。「物価が高くて給料が少ない」のでは，いくらおとなしい日本人だって暴動(ぼうどう)や革命(かくめい)をおこす。今のところそういう動きがないのは，物価と給料のバランスがまあまあうまくとれているということになろうか。

物価は安くても，出回(でまわ)っている品物の種類も量も少なく，給料も少なくては欲(ほ)しいものは買えない。逆(ぎゃく)に，物価は高くても，給料も多く品物も豊富であれば，やりくりをうまくすることによって，自分の欲しいものを買うことができるだろう。日本は，

物價昂貴的日本

- 有数の：屈指可數的；排前幾名的。　㊟指折(ゆびお)りの
- バランス balance：平衡。　㊟つりあい：均衡(きんこう)
  バランスがとれる：可以平衡。
- 出回る：上市。　㊟市場へ出る
- 逆に：相反的。　㊟反対に
- やりくり：（金錢上的）設法。　㊟くふう

どちらかというと，後者に相当するわけだ。

だが，やはり海外の人には「物価高ニッポン」のイメージが強いようである。確かにものによっては，目の玉が飛び出るほど高いものもある。その一つに散髪代（床屋代，理髪料金）がある。この30年間に最も値上がりの激しかったものの一つであろう。これぱかりは機械化ができないこともあって，その料金は毎年うなぎのぼり。今では，普通の散髪は日本円で 3000円ぐらいになってしまった。（もっとも，台湾との比較でいえば，日本の方がずっとていねいである。）これでは，毎月床屋へ行くのもためらってしまうだろう。（余談だが，このことと日本の青少年に長髪が多いこととは，あまり関係がない。長髪が流行するのは，散髪代が惜しいからではなく，おしゃれ，テレビ

やりくりをうまくする：設法安排妥當；多方籌措。

• イメージ　image：印象；看法。

• 目の玉が飛び出るほど高い：貴得嚇壞人。

目の玉：眼珠子。　　㊌目玉

目の玉が飛び出る：一般形容非常驚奇。

• うなぎのぼり：直線上昇。

うなぎ：鰻魚。借鰻魚在水中彎曲身子向上游的情形，喻物價、氣溫

や映画のアイドル歌手・人気スターのヘアースタイルのまねなどによることが大きい。ふつうのヘアースタイルでは満足せず，パーマをかけたり染色(せんしょく)したりする若者も多くなってきた。それが中学生・高校生あたりにかなり目立(めだ)ってきたことは，大変困った問題である。彼らは自分の好きなヘアースタイルにするのに，一回6000 円ほどのお金をかける。そして，パーマをかけたあとは，当然のこととして，関心が勉強よりもヘアースタイルにいってしまうことになり，いわゆる「不良化(ふりょうか)」の始まりとなることも多い。）

国鉄(こくてつ)の運賃(うんちん)も，この30年間にずいぶん値上(ねあ)がりしたものだ。だから，国鉄と私鉄が競合(きょうごう)している大都市周辺では，人々は安い私鉄を利用することが多い。なぜ国鉄は値上げするのか。そ

或人的地位很快地上昇叫うなぎのぼり。

- ていねい：仔細有禮。
- ためらう：猶豫不前。　⊛躊躇(ちゅうちょ)する
- 余談：題外話。　⊛ほかの話
  余談だが：雖然是題外話。
- おしゃれ：愛漂亮。
- アイドル idol：偶像。

れは経営の仕方が悪いので，毎年赤字をだすからである。そして，その赤字を埋めあわせるために値上げをするという悪循環を繰りかえす。国鉄職員も，日本が倒れない限り国鉄も安泰だという意識が強く（こういう考え方を「親方日の丸」という），国鉄再建の努力をあまりしようとしない。だから，利用者の「国鉄離れ」はますます進んでいく。現在，日本全国に張りめぐらされている国鉄の中で，黒字は新幹線と大都市周辺の国電ぐらいである。あとは総じて赤字であることから，いかに国鉄の経営が苦しいかがわかるだろう。

【参考】東京↔新大阪（新幹線「ひかり」号利用で3時間10分。11500円）

東京（羽田空港）↔大阪（伊円空港）（1時間。

- ヘアースタイル hair style：髮型。
- パーマ→パーマネント　ウェーブ permanent wave：燙髮。
- 目立つ：顯著。
- 競合：相互競爭；爭執。
- 赤字をだす：有虧損；有紅字。
- 埋めあわせる：塡合；彌補。
- 安泰：安穩可靠。　㊟無事
- 親方：頭目；首領；老大。（指日本政府）　㊟頭

15600円）

実際，「物価が高い，高い」といっても，家庭の主婦は安売りやバーゲンセールを利用して，何とか安いものを見つけ出して，毎日のやりくりをしている。それに，日本はクレジット制度が発達していることもあって，欲しいものを手軽に自分のものにすることができる。人々の多くは，こうして物価高の下でも，電気製品や車、マイホームなどを持つことができるわけである。

親方日の丸：いくら予算を使っても政府が払ってくれるからという金に対する安易な考え方。凡事依賴公家的觀念。

- 国鉄離れ：不再利用國營車。
- 張りめぐらす：張滿四方；設置各地。
- 安売り：減價；拍賣。　㊟特売
- クレジット制度：信用卡制度。クレジット・カード credit card：信用卡。
- 手軽：輕易。　㊟簡単
- マイホーム　my home：自家住宅。

地下鉄入リロ

12. ラッシュアワー

(1)

日本のサラリーマンの出勤時間のピークは，朝の7時半から8時半ごろまでであり，又，退社時間は，午後の5時から6時にかけてのところが多いため，その時間帯（ラッシュアワー）は，どの通勤電車も人，人，人……で非常に混雑する。又，朝のラッシュアワーの時には，通学の中学、高校生がこれに加わるので（日本の大学生の"出学"時間は，こんなに早くない。だいたい二校時以後に時間割を組むので，ラッシュアワーが過ぎてからが，彼らの"出学"時間となる），混雑もいっそうひどくなる。

上下班交通擁擠時間

- ラッシュアワー rush hour：上下班擁擠時間。
- ピーク peak：巔峰狀況。
- 二校時：第二堂課。

一つの車両の定員が100人ぐらいなのに，このラッシュアワーの時には，250人，300人もの人が積み込まれる。まさに立錐の余地もない「すし詰め」状態である。こういう車両が10両，15両と連らなって，3分～5分間隔で東京に向かって運転されている。だから，ある電車がドアや架線の故障などで遅れると，後続の電車もたちまちその影響をうける。ふだんなら，会社の出勤時間に十分まにあう電車に乗ったのに，故障があってその電車が遅れたりすると，車内の人は出勤時間を気にしてイライラする。

東京までの間，途中で降りる人も多いが，乗る人の方がそれを上回るので，途中の駅では，どうしても乗れない人がでてくる。しかし，この電車に絶対に乗らなければならない人は，必

- すし詰め：擠得緊；擠得像沙丁魚。
- 車両：車輛。
- イライラする：心裏焦急；坐立不安。いらいら，用片假名表示強調。
- 上回る：超過；超出。
- 必死：拚命。

死になって人と人との間にもぐりこもうとする。この時，すでに乗っている人は，露骨にイヤな顔はしないが，乗ろうとする人に対して非協力的，冷淡でさえある。

ドアがしまろうとする。しかし，必死に乗ろうとする人がそれをさえぎるため，しまらない。すると駅員がやってきて，その人の尻を押してくれ，乗ろうともがいていた人も，ちゃんと車内におさまってしまい，ドアが閉じ“出発進行”ということになる。（日本の電車は，ドアが完全に閉まらないと，たとえどんなに出発時間に遅れようとも，決して発車しない。）こういう状態は，冬になるといっそうひどくなる。人々の衣服が多くなるからだ。

- もぐりこむ：鑽進。
- イヤな顔＝嫌な顔：不高興的表情。
- さえぎる：阻擋。
- 尻：屁股。
- もがく：掙扎。
- おさまる：安定下來；安頓。

(2)

すし詰めの車内をながめてみよう。

最近は，どの車両にも冷房装置がとりつけられているので，夏でもいくぶんか快適になったが，以前は窓をあけても，すし詰めの車内はむんむんして，汗が額からふき出た。（湿気が多い日本の夏は，窓から入る空気もなまぬるく，決して気持ちのいいものではない。）そんな時でも，日本のサラリーマンはネクタイをはずすことなく，それに耐えてきたのである。

ところで，こうしたすし詰めの車内では，気持ちが悪くなったり，あいにく大小便をもよおしてきた時などは，ほんとうに困る。早く電車が次の駅に着いてくれないかなと，そればかり祈っている。

• いくぶん：多少；稍微。
• むんむん：形容空氣悶熱不潔。
• 便をもよおす：想解手；想上厠所。

この，こんだ車内での嫌なことはといえば，まず，新聞を小さくたたまないで読んでいる人がいることである。その新聞のはしが人の顔に触れたりすると，とても嫌なものである。もっとも，その新聞を周囲(しゅうい)の人がのぞき見できるという利点もあるが……。次に，くさい息(いき)をはく人も嫌である。その臭さが車内に充満して息もつけない。更に，女性のお尻などをさわったりするエッチな男がいるのも困ったものである。すし詰状態の中では逃げるわけにもいかず，大声をあげることもできず，女性はじっとがまんするより他に手がない。女性は，大声(おおごえ)を発(はっ)することにより，自分がお尻(しり)をさわられていることが周囲の人に知れるのを恥かしがるし，たとえ，大声を出したとしても，男はとっさにその動作(どうさ)をやめるだろうから，証拠(しょうこ)が残(のこ)らない。こ

• エッチ＝H：色情的。H表示HENTAI＝變態，好色的男子。

エッチな男：色狼。

• 手がない：沒辦法。　㊄仕方がない

• とっさ：瞬間；立刻；馬上。

ういうわけで，男はますます図にのってエッチな行為を続けるのである。満員電車には，こうした女性の敵も多い。

駅員が乗客を押し入れる

・図にのる：得意忘形；逞強；得寸進尺。

13. 終電車

終電車の車内は，日本の社会の縮図といえる。残業の疲れからか，居眠りをしている人がいる。窓の外の，通り過ぎていくネオンをぼんやりながめている人もいる。夕刊や雑誌に目を通している人もいる一方では，酒を飲みすぎて，ぐっすり寝込んでしまった人もいる。起きている人では，さすがに話をしている人は少ない。どの人の顔にも，「やれやれ，やっと一日が終わったか！」という疲れきった表情がうかがえる。うっかり居眠りなどして乗り過ごすと大変である。逆方向の電車はもうない。目がさめた駅で夜明けまで過ごさなければならない。

さて，電車を降りてからが，また大変である。駅の近くの人

末班電車

- 終電車：末班電車；這一天最後一班的電車。
- 残業：（下班後的）加班工作。
- 居眠り：打瞌睡。
- ネオン＝ネオンサイン neon sign：霓虹燈。
- 夕刊：晚報。
- やれやれ：感嘆詞①表示放心。△やれやれこれでひと安心：好了好了，

はいいが駅から家まで遠い人は，駅前のタクシーを拾わなければならない。（バスは，ふつう夜の10時ごろで終わりである）数少ないタクシーを多くの人が争うわけだから，ぐずぐずしていたのでは乗れなくなる。だから，電車を降りたら，100 m競争のスタートのように，猛然とダッシュしなければならない。女の人もスカートのすそをひらめかせながら，懸命にホームを走る。タクシー乗り場はすでに長蛇の列ができている。待ちくたびれたころにやっと自分の乗るタクシーがやってくる。但し，料金は昼間の2割増しである。

這樣就放心了。②表示失望。△やれやれ今度もまただめか：唉呀！這次又不行了。③表示感慨。△やれやれ気の毒に：哎！眞可憐。

此文中之やれやれ屬於①的意思。

やれやれやっと一日が終わった：好了，總算這一天過去了。

• うかがえる：可以看出來。　うかがう：察顏觀色。

• 夜明け：天明；黎明。

• ぐずぐず：①形容行動慢騰騰。△ぐずぐずする ②表示不滿意而嘟囔、嘮叨、發牢騷。 △ぐずぐず言う　此文中之ぐずぐず屬①的意思。

• 100m 競争のスタート：一百公尺賽跑的起點。

スタート start：起點；起跑。

• ダッシュ dash：衝刺；猛進。

• スカートのすそをひらめかす：形容婦女奔跑而裙邊翻起。

• 長蛇の列：形容排隊很長。

• 2割増し：加兩成；1.2倍。

新聞を小さくたたまないで読むのは両側の人にめいわくだ。

駅前のタクシー乗り場

14. 夜の街

台北の夜の街を歩いてみて，いつも感じることがある。それは街全体が活気にあふれている，ということだ。日本では，夜の10時ごろまでものを買ったり，食べたりすることはまずできない。それに女学生が制服姿で夜遅くまでにぎやかな街を散歩する光景も日本ではほとんど見られない。とくに，最近は不景気だから，多くの店は，夜の 8 時ごろには店を閉めはじめ，9 時ごろには，ほとんどの店が完全にあかりを消してしまう。あかりがついているのはたいてい飲み屋さんである。夜10時ごろ街を一人で歩くと，男でさえもとても寂しい気がする。女性の一人歩きは大変危険である。景気がよかったころ，多くのサラ

夜晩的街頭

- 活気にあふれる：充滿朝氣。　　活気：活力；朝氣。
- まず：多半；大致。　　㊟およそ；たぶん
- あかり：燈光。　　㊟電気；電灯
- 飲み屋：供應酒菜的小店。
- 一人歩き：單獨步行。

リーマンは会社が終ると，会社の近くの飲み屋で一杯飲んで家へ帰ったものだ。だが，最近は，会社が終ると，まっすぐ家へ帰る人が多くなったという。おかげで，奥さんや子供たちは大喜びだ。一般の家庭の子供たちも夜はあまり外出しない。母親からいつも「勉強しなさい」と言われるので，仕方なく，自分の部屋にとじこもる。さらに，テレビの人気番組を見ないと，翌日学校へ行っても遊び仲間に入れてもらえない。だから，テレビも必ず見なければならない。勉強とテレビで外出する暇がないのである。

• ～ものだ：表示回憶往事的口氣。
• とじこもる：悶坐（裏面；房屋內）。　㊟引きこもる；外出しない
• 遊び仲間に入れてもらえない：無法加入遊伴之中。

15. 芸能人—そのふしぎな姿

台湾でも日本でも，映画やテレビのスター，歌手などは若者のあこがれの的である。だが日本の場合，そうした芸能人の多くは，あまり教養があるとはいい難い。厳しい芸の修行を積んで，晴れてスターの地位を獲得したわけではなく，いわゆる映画会社・TV局・レコード会社によって作られた製品だからだ。製品だから売れなくなれば，冷たくあしらわれることになる。つまり「使い捨て」されるわけである。ただ単に「スタイルがよい，顔がきれいだ（いわゆるカワイコちゃん）」というだけでスター扱いされるわけだから，それ以上のカワイコちゃんが出てくれば，世間の人にあきられることは当然であろう。

不可思議的演藝人員

- あこがれの的：最嚮往的目標。
- いい難い：不能說。　㊟言えない
- 晴れて：正式地；公開的。（多指期待已久的，可喜可賀的場面）
- 冷たくあしらわれる：被冷淡對待。　㊟冷淡にされる

  あしらう：對待；應付。
- 使い捨て：用了就丟。（指沒有利用價值就放棄不管）
- カワイコちゃん：可愛的女孩；俏小妞。　カワイコ＝可愛い子

芸能会社・プロダクションとしても，商品価値がある間は，あの手(て)この手(て)で彼らを売ろうとする。そのため売れゆきに響(ひび)くようなこと──結婚──などは，できるだけさせないようにし，スターの方としても，結婚により人気が落ちないように十分気を遣(つか)いながら，芸能界という閉(と)ざされた世界の中で，芸能人同士のつきあいを進展させていく。

ところで，日本の芸能週刊誌は，時にはネタ（題材）がなくなると，芸能人のプライバシーのあることないことを書きたてる。（××と△△が恋愛関係にあり，まもなく結婚しそうだとか，その他離婚・出産(しゅっさん)・不倫(ふりん)の関係……など）これに対し芸能人はどんな感じを抱(いだ)くか。一つは，これも自分が有名なるがゆえに書きたてられるのだ（いわゆる「有名税」）として，「仕

- あきられる：被厭倦。　あきる：厭倦；膩。
- プロダクション　production：製片商。
- あの手この手：種種手段。
- 売れゆきにひびく：影響銷路。
- ネタ：俗語，元來是タネ（種）故意反過來說成ネタ。
- プライバシー　privacy：個人秘密；私生活。
- あることないこと：事情的眞眞假假。

方がない」と考えるか，表面上は迷惑そうな顔をし，憤るが，自分の存在が，週刊誌の暴露記事によってではあるが，世間の人に知ってもらえるということで，心中ひそかに歓迎するか，のどちらかである。そのスターがやや落ち目であるような時には，後者の考えが強いだろう。これを機に起死回生をはかるわけである。こう考えると，芸能週刊誌とスターは，お互いになくてはならないもの同士だし，持ちつ持たれつの関係にあるといえよう。

又，芸能界のような華やかなところは，どうしても暴力団などに目をつけられやすい。そのため，しばしば暴力団と芸能人の交際が明かるみに出たり，麻薬に手を染めたりする芸能人のことが新聞に取り上げられたりする。そういう時でも，芸能人

- 書きたてる：大寫特寫。
- 出産：生孩子。
- 不倫の関係：不道德的男女關係。
- 有名なるがゆえに：因爲著名的緣故。　㊟有名であるために
- 心中ひそかに：內心；暗地裏；悄悄的。
- 落ち目：走下坡。
- 持ちつ持たれつ：互相依賴；互相幫助。

の中には，記者会見などで，社会的常識を疑(うたが)われるようなことを言う者もいて，一般の人々のひんしゅくを買うことも多い。

ところが，このような芸能人・タレントの全国的な人気に目をつけ，選挙が近くなると，ある芸能人を自(みずか)らの政党(せいとう)から立候補(りっこうほ)させ，議席(ぎせき)を増(ふ)やそうとするような政党もあるのだから，日本は全(まった)くおもしろい国である。（こうして当選した議員をタレント議員と呼ぶ）まさに，芸能人にとって日本は天国(てんごく)であろう。

- 暴力団：黑社會；不良幫會。
- 目をつけられる：被注意；被盯住。
- 明かるみに出る：暴露；揭發；公開。　明かるみ→明かるい所；世間
- 麻薬：毒品。
- 手を染める：插手；涉足。
- ひんしゅくを買う：被人側目；惹人討厭；看不起。

  ひんしゅく：（顰蹙）不肖的表情；討厭看不起的表情。
- 天国：天堂；樂園。

16. 歩道と歩行者

歩道とは人があるく道である。しかし，台湾では，どうも歩きにくくてしかたがない。まず歩道でいろいろ商売をやっている人がいる。そこで立ち止まって，売っている品物をながめている人もたくさんいる。そのため歩くスピードをゆるめたり，いったん車道に出なければならない。日本でも，歩道に商店の品物がはみ出ていることもあるが，台湾のように歩道で商売をやる，ということはほとんどない。更に横断歩道を渡るときも台湾では命がけだ。「歩行者優先」とはいいながら，実際は車優先。青信号だから，と思って安心して渡っていると，横から車が割りこんでくる。ほんとうに目が四つあっても足りない

人行道和行人

- はみ出る：超出（界線）。
- 命がけ：拼命；賭命。　㊟非常に危険だ；決死だ
- 割りこむ：擠進；插進。　㊟おし分けてはいりこむ

くらいだ。又，台湾では，ときどきオートバイが歩道を走ってくることがある。もちろん駐車するためだが，うっかりよそ見をして歩いていると，オートバイと正面衝突することになる。走ってきたオートバイはそのまま歩道に置かれ，歩道がオートバイの駐車場になり，ますます歩道が狭くなり，歩きにくくなる。とにかく，車社会になればなるほど歩行者は疎外される。人間はもともと二本足で歩くことが基本であり，時代がどのように変わっても歩くことはなくならない。歩行者が安心して歩けるような道を，ということで，都市では，日曜・祭日になると，ある区域から車をしめ出し，歩行者が自由に歩ける道を作り出した。東京では，そのような道路が延々 1 km もあるところもある。そこでは，歩行者が車のことを何ら心配しないで安心し

• 駐車：停車（駕車人離車）。　cf. 停車：人在駕駛座上暫時停下車。
• よそ見をする：往旁邊看（不注意前方）。
• 祭日：節日。　㊟祝日
• しめ出す：趕出去；驅除出去。　㊟追い出す

て歩ける。歩行者にとってもう一つ歩きにくいのは歩道橋(ほどうきょう)や地下道(ちかどう)が都市に多いことだ。あがったり下がったりほんとうにいい運動になる(?)。若い人はまあいいだろうが，年寄や身体障害(しんたいしょうがい)者は大変だろう。最近，日本ではこういう人たちのことも考慮(こうりょ)して，ゆるやかなスロープ式の歩道橋や地下道ができた。ともかく，今までの車優先の考えがひどすぎたのである。最近人々はやっと歩行者のことを考えるようになった，といえるだろう。

• ほんとうにいい運動になる(?)：借此可以好好運動一下。（含諷刺）

• スロープ slope：斜坡。　㊟斜面(しゃめん)

17. 日本のホテルと旅館

日本には西洋式のホテルも多いが，日本に来たら，日本式の旅館に泊ってみるのもおもしろいだろう。日本式の旅館はほとんどが畳の部屋であり，隣りの部屋とは，襖やから紙で仕切られていることも多いので，ときどき隣の部屋の話し声が聞こえてくるという楽しみ(?)もある。又，浴衣や丹前といった着換え用の衣服も備えられているし，それに何よりも，大きな浴室（共同浴場，大風呂）で，お湯にたっぷりつかって，十分疲れをいやすことができるというい点がある。更に，夕食は旅館のお手伝いさんが部屋まで運んでくれるので，わざわざ外へ出て行って食べる必要がないことも便利な点である。

日本的飯店與旅館

• から紙＝ふすま

• 仕切る：隔間。

• 浴衣：棉布單和服，作爲沐浴後之寬衣。

• 丹前：日式棉袍，只限在家中穿，也稱「どてら」。

• たっぷり：充分的。

たっぷりつかる：（在大量的洗澡水中）泡得過癮。

ところが，こうしたいい点，便利な点というのは，反面（はんめん）では日本式の旅館の欠点（けってん）でもある。隣りの部屋から話し声が聞こえてくるということは，プライバシーが守れないことだし，一番困ることは，夕食（ゆうしょく）のおかずを泊り客が自由に選べないことであろう。目の前に料理が出されるまでは，どんなものを食べさせられるのかわからないのでは，外国人は困ってしまうにちがいない。（日本人なら，だいたい予想（よそう）がつく。なぜなら，だいたい天ぷら，さし身（み），たまご料理，それにその土地の名物の料理が でてくるからである。）この夕食代（しょくだい），それに翌朝（よくあさ）の朝食代も含（ふく）めて，日本では宿泊料金（しゅくはくりょうきん）というものが決められている。日本式の旅館の食事がいやな人は，外で食べなくてはならない。その時，たぶん食事代を割り引（わび）いてくれるだろうが，あまりい

• いやす：醫治。　㊟なおす

　疲れをいやす：消除疲勞。

• プライバシー privacy：個人秘密；私生活。

• 割り引く：扣除。　㊟差し引く

• あまりいい顔はされない：不太受歡迎；對方不太高興。

い顔はされないだろう。

日本人のほんとうの心に接したければ，民宿というものに泊ることを勧めたい。これは，家族の一員として泊り客を待遇してくれる家庭的な雰囲気の小旅館である。

この他，都市の中心部には，ほんとうに寝泊りだけを目的としたビジネスホテルというのがある。食事その他よけいなことに気を使わなくてもよいので，こうしたホテルを使うのも，外国人にとってはいいかもしれない。但し，日本の「ホテル」「旅館」には，いかがわしいものもあるので，交通公社などで信頼できるホテルを紹介してもらうのも，よい方法である。（値段は少々高くなるが）

• いかがわしい：不可靠；不正當；低級；下流。

㊟あやしい；よくない；下品な。

日本式の旅館ではお手伝いさん
が夕食を部屋まで運んでくれる。

18. 喫茶店と料亭

私たち日本人はよく喫茶店を利用する。もちろん人によってその利用する目的は違う。休息のために使う人もいるだろうし，暇つぶしのために行く人もあるだろうし，その店のかわい子ちゃんを目あてにいく人もいるだろう。しかし，もう一つ，日本では，仕事のために喫茶店へ行くことも多い。たとえば，会社へお客さんが来たとする。大きい会社なら応接室がいくつかあるからいいが，小さい会社だと応接室もない。社員の机だけでもう部屋がいっぱいである。だから，お客さんとゆっくり商売上の話をする余裕もないのだ。それに，たとえ話をする空間はあっても，ただついたてで仕切られただけだと，となりの声が

咖啡店和餐廳

- 料亭：高級日本餐廳（有日式庭院及雅房）。　　△料理屋；食堂
- 暇つぶし：消磨時間。　　つぶす：塡空。
- かわい子ちゃん：可愛的小妞兒。
- 目あて：目標。
- ついたて：（隔間）屏風。

きこえてきたりして落ちつかない。そこで，商売の話をするときには，わざわざ会社を出て，近くの喫茶店でやるわけだ。だから，日本の大きなビルの１・２階や地下には，必ず喫茶店がいくつかあるし，そのビルにない時は，そのビルの近くに必ずある。同じことは，政治についても言える。重要なことを決めたり，連絡したりするときは，国会の内部でやらないで，必ず高級な料亭でやる。料亭やレストランはごはんを食べるばかりではなくて，人に合う接待所の役割りもしているのだ。そこでしばしば重要な会議が行なわれるので，料亭政治などといわれることもある。このように，日本人は人と会って話をしたり，ものを決めたりするとき，自分の内部ではやらずに，外部で行なうことが多い。これは日本の家が狭くて，人を招待し，そこで，談笑することができないということと関係があるのかもしれない。

料亭

19. すわる

日本の文化は「すわる」ことを基本としている。これは，明らかに家の構造と関係がある。日本の家は「たたみ」が多く，中国や西欧のように，靴をはいたまま立っていられる部屋が少ない。だから，日本人にとって，「すわる」ということは，きわめて自然な姿なのだ。もう一つの理由として，日本が平和で穏やかな国であったことがあげられる。 西欧や中国のように常に他民族との闘争に備えなければならないところでは，すわってなんかいられないのである。だから，日本では人と話をするときでも「立ち話」は失礼ということだし，「立ち食い」は下品な行為とされている。又，目上の人にお辞儀をするときで

席地而座

- すわる：席地而坐。
- たたみ：日式房間內舖的草墊；榻榻米 TATAMI 。
- 立ち話：（不坐下來）站著講話。
- 立ち食い：站著吃喝。
- 下品：粗魯；下流。
  ㊎いやしい；粗野。

も正式には,たたみに座ってやらなければならない。このように「すわる」ことに親しんできた日本だが,軍国主義の時代には「立つ」ことが要求された。そのときは兵隊だけでなく,学校の生徒も立ったまま弁当を食べたりした。ところが,最近,戦争もないのに,日本人の生活の中で立つことが多くなった。「立ち食いそば屋」やスタンド式のコーヒー店などが今大繁盛している。これは今の社会が軍国主義の時代と似ているところがあるからだ。サラリーマンは早朝に飛びおきて,衣服を着換えながら食事をする。あたかも戦場における兵士のようである。食事をする時間がない人は電車の待ち時間を利用して,駅の売店で牛乳とパンを胃の中に流しこむ。現代の日本人の中には,今の社会は戦争のときと同じように非常時であるとする考えが

• 立ち食いそば屋：讓顧客站著吃的蕎麥麪店（沒有坐位）。
• スタンド式 stand：站著飲食的方式。
• 流しこむ：沖進去；注入。

あるのかもしれない。非常時ならば，確かに坐っていることができないからだ。ところで，立つことの多い人間と座ることの多いのとでは，体型(たいけい)も違ってくる。日本人の胴長(どうなが)，ズンドウ型の体は正座(せいざ)の習慣の影響(えいきょう)だというのが定説(ていせつ)である。ところが，最近のように西洋式の食事，住居が多くなり，日常生活においても「立つ」ことがはやってくると，日本人の体型も変ってくるだろう。現(げん)に，今の若者(わかもの)はずいぶん背が高く，足も長くなってきた。

- 胴長：上身長（腿短）。　胴：軀體。
- ズンドウ＝ずんどう：（俗語）上下一樣粗（一般指體形，沒有細腰）。

せいざ
あぐら
よこずわり

20. 料理の見本

日本料理と中国料理を比べてみると，違う点がいくつかあるが，日本料理は中国料理に比べて，食器の種類が多いこともその一つだろう。料理の種類によって，食器もちがい，その形もいろいろなものがある。更に，中国料理は煮る，焼く，ふかす，揚げる，いためるなど，ありとあらゆる方法を使って料理をつくるが，日本料理は材料の固有の味を生かすことが基本であり，料理方法も「煮たき」が中心である。つまり，水の中に食品を入れて煮るのである。これは水と木が豊富だったことと関係があるのかもしれない。「いためる」ということは日本料理ではあまり発達しなかった。これは獣を食べなかったので，獣の脂

飯菜樣品

- 見本：樣品。
- 煮たき：煮炊（食物）。「煮る」用於菜餚，「炊く」用於米飯。

◎中文說「炒菜煮飯」，日文說「ご飯を炊く；魚、肉、野菜を煮る」

- いためる：炒。

がなかったことによるのかもしれない。ところで，日本では，食堂でもレストランでも入り口に実際の料理と同じように作った見本が陳列してあるから，それらをみて注文すれば，自分の食べたいものとほぼ同じようなものが運ばれてくる。ところが，台湾では，中国語がわからないと，注文したものが客の想像と全くちがうものが運ばれてくる恐れがある。中国語ができるようになるにつれて，だいたい自分のイメージと一致する料理が運ばれてくるようになる。中国料理は種類も多いので，一つ一つ見本を店の入り口に展示することができないのかもしれないが，日本のやり方の方がお客さんに対して親切な気がする。しかし，見本は色がきれいで，量も多いが，実際運ばれてきたものは量も少なく色もあまりきれいでないときがある。こういう

• ほぼ：大約。 ㊟おおかた；だいたい

• イメージ image：心像；想像。 ㊟心に浮かぶ形。

店はたいがいサービスも悪く，値段も高い。観光地の食堂やレストランはたいていこういう店が多い。また台湾のようにメニューだけしか書いてないと料理の量は運ばれてくるまでわからないし，更にこの量が適量かどうかも比較するものがないから，店の言うままになる心配がある。

• メニューmenu：菜單。　　㊟献立表（こんだてひょう）

• 言うままになる：聽從別人；由人支配。

料理の見本

21. おしぼりとお茶

喫茶店やレストランへ入ると，まず「おしぼり」が出される。飛行機や特急列車に乗ったときも同じだ。このおしぼりの起源は中国らしいが，今日のようにタオル半分ぐらいのおしぼりが一般化したのは，そんなに古いことではないらしい。よくしぼったおしぼりをお客に出すのは日本の特徴である。おしぼりで顔をふくと，ほこりも取れるが，それよりも気分がスカッとする点が人々に喜ばれるのだ。ところで，おしぼりが一般的になる前は，日本では，手ぬぐいを持って歩いた。昔の高校生や大学生などは，腰から手ぬぐいをさげて歩いた。汗をふいたり包帯の代りにしたり，はちまきにしたり，更に，人に顔をみられ

小毛巾和茶

- おしぼり：（擦手）小毛巾。
- タオル towel：洗臉毛巾。
- 気分がスカッとする：心情爽快。　㊟気持がよくなる；爽快だ
  スカッとする＝すかっとする：痛快；舒暢。
- 手ぬぐい：長方形棉布巾（日式洗臉巾）。

たくないときなどに手ぬぐいを頭からかぶるほおかむりという

ときもあった。このように手ぬぐいはとても重宝(ちょうほう)であったが，

背広(せびろ)が一般化してくると，手ぬぐいはすたれ，人々はハンカチ

を持ち歩くようになったのである。ところが，ハンカチをぬら

して，顔をふいてもさっぱりしないので，おしぼりが登場(とうじょう)して

きた。おしぼりとともに，日本では，必ずお茶も出される。私

たち日本人は食前(しょくぜん)，食後(しょくご)はもちろんのこと，ひまがあればよく

お茶をのむ。もっとも最近(さいきん)は，西洋式(しき)の食事(しょくじ)が多くなってきた

ので，若い人はあまりお茶をのまなくなり，コーヒー，ジュー

スなどを飲むようになったが……。会社などを訪問(ほうもん)したときも

必ず日本茶(にほんちゃ)が出される。日本では「お茶くみ」といって，お客

さんにお茶を出すのは，女子社員(しゃいん)の仕事だった。そのための専(せん)

• 包帯：繃帶。

• はちまき：綁頭巾；纏頭布。

• ほおかむり＝ほおかぶり：（用布巾）包住頭和臉。

　△ほおかむりをする：轉義裝作不知道；裝蒜。

• 重宝：方便；有用。　　㊟便利

• 背広：男用西服。　セビロ civilian clothes的音譯。

• 日本茶：屬綠茶類，有玉露、煎茶、番茶三等級。

門の女子社員もいるほどである。しかし最近は，女子だけが，お客さんにお茶を出すのは差別待遇だという意見も強くなっている。会社を訪れたとき，きれいな女子社員が出してくれるお茶は，たとえまずいお茶でもおいしいと感じると思うが……

• お茶くみ：端茶的人（多半指女性）；轉義爲專做雜事的小人物；不被重視的人。

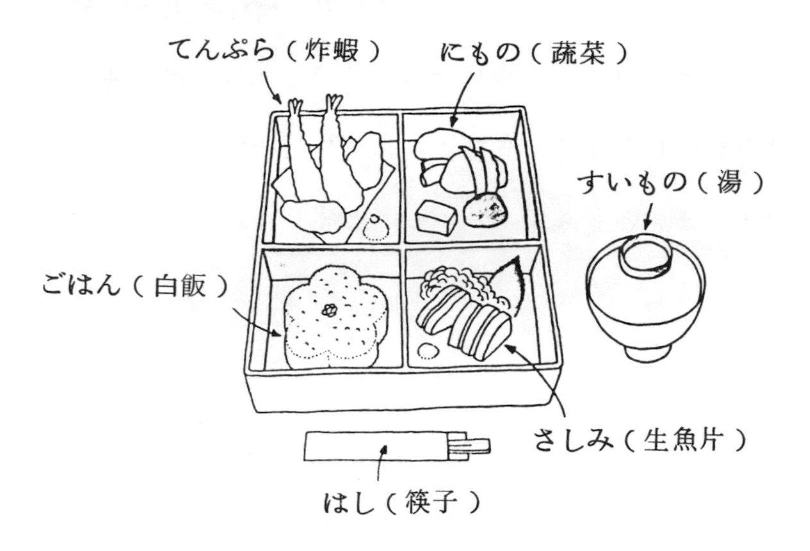

松花堂弁当（什錦飯盒）

天丼（炸蝦蓋飯）

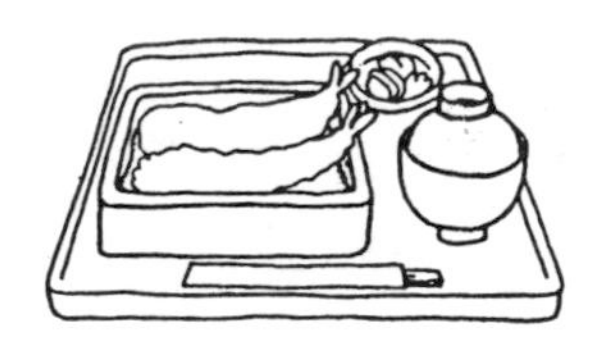

天重（炸蝦快餐）

22.「食」の均一化

日本人の集団帰属意識は，また自主性のなさにも通じる。それは常に他人指向であり，バスに乗り遅れまいとし，又，右へならえということを気にかけて行動する心理によく示されている。

日本人が団体でレストランへ入った場合，「さて，何を注文しようか」という時に，たいていはほとんど同じものを注文するであろう。たとえば，ある一人が「天丼」を注文したら，かりにそれが自分のあまり好きなものでなくても，他の者も，やはり「天丼」を注文することが多い。食べ物の注文ですら，自主性を発揮できず付和雷同型なのである。何という情けない民

同一模式的食物

- 右へならえ：向右看齊。
- 天丼：油炸蝦蓋飯。　　丼：大碗。

△丼飯（どんぶりめし）：大碗飯。日本食物中大衆化的飯菜。

△カツ丼（かつどん）：炸豬排蓋飯。

カツ⇨カツレツ　cutlet：炸豬排。

△親子丼（おやこどんぶり）：鷄肉加蛋蓋飯。

族であるか。こと「食」に関しては，日本人はまだまだ中国人の足元にも及ばない。こんなことが台湾の人々の間で行なわれるだろうか。

さて，その団体に年長者がいると，まずその年長者が，「××にしようか」と言いだし，他の者もほとんどがそれに同意するだろう。そして，世話好きの人がメニューをとりよせ注文し，さらに全員からお金を集めることになる。（この場合，年長者がかなりの金を出すと，他の者はこの人を「気前がいい」とか「話がわかる人だ」といって評価する傾向がある。）

金の払い方についてだが，「××でも食べようか」と誘った場合には，その言い出した人が払うこともあるが，学生や若い人の間では，食べた量の多少（金額の多少）にかかわらず，総

△牛丼（ぎゅうどん）：牛肉蓋飯。

• こと～に関しては：有關～的事情。　㊟～に関してのことは

• 足元にも及ばない：望塵莫及；差得太遠。

• 世話好きの人：愛管事的人；富服務精神的人。

• 気前がいい：出手大方。　気前：慷慨；大方。

• 話がわかる人：通情達理的人；夠朋友的人。

額を人数分で割り，みんな一律の金を払うのがふつうである。（これを「割り勘」という。）

日本式旅館に泊った時の食事のあり方も，外国人からみると不思議に思われるかもしれない。日本式旅館では，ふつう一泊二食（夕食・朝食）付△△円というように，食事込みで値段が決まっているが，そこで出される食事の中身は，客には事前に知らされない。

極端に言えば，食べる直前までどんなものが出されるかわからないわけである。この食事の中身が気にくわないからといって，その分だけお金が返却されるわけではない。嫌なら外へ出て行って，自分の好きなものを食べることになる。こんな理不尽なやり方は，とうてい外国人の理解をえられぬにちがいない。

- 言い出した人：首先開口的人；發起人。
- 食事込み：包括伙食。
- 気にくわない：不中意。　㊉いや；気にいらない
- 理不尽：不講理。　㊉無理無体（むりむたい）；無茶

では，日本人の間では，このようなやり方に不満がおこらないのかというと，たいした不満はおこらないらしい。というのも，日本人なら，たとえば，北海道のどこどこという観光地に行った場合，そこの旅館ではその地の名物料理のなになにとてんぷら・さしみというような日本食の典型といわれるものが出されることがほぼわかるから，そう心配する必要がないわけである。しかし，昨今では，そうした地方地方の名物料理も次第に姿を消し，全国どこでもワンパターン化してしまい，旅の楽しみがなくなったという声もよく聞かれる。

• 名物料理：名菜。

• ワンパターン　one pattern：同一模式；呆板沒有變化。

23. チップとサービス料

日本へ来た外国人は例外なく，チップのいらないことに驚き，「日本は天国だ」とほめる。確かに，日常生活のあらゆるところでチップのことを考えなければならないヨーロッパからみると，そういう煩わしさがない日本は，ほんとうにすばらしいところのように見えるのだろう。ヨーロッパなどでは，チップがいらないのは飛行機に乗ったときぐらいだといわれる。それに比べれば，日本でチップがいるのは旅館などに泊ったとき，その部屋の係の女中さんにちょっとわたすときぐらいだ。もともとチップというものは身分的差別を前提としているわけだから，チップ制度が発達している国はまだ近代的国家とはいえないの

小費與服務費

- チップ tip：小費。　㊟祝儀；心づけ；茶代
- サービス料：服務費。

ではないか。日本は明治以降，ヨーロッパの近代的な制度をたくさんとりいれたが，チップ制度などというあまりよくないものは取り入れなかった。チップとは違うが，サービス料などというのも昔の日本にはあまりなかった。しかし，最近は日本でも2000円以上飲んだり食べたりするとサービス料が加算される。ところが，台湾では，50元ぐらいの「快餐」をたべてもサービス料をとる店が多い。おしぼりを出してくれる。お茶を何回もついでくれる。スープをよそってくれるなどをしてくれるなら文句はないが，そういうこともしないで，笑顔もつくらず怒ったような顔ばかりして立っているだけなのにサービス料だけはちゃんと請求する。これは考え方によっては，チップより悪質である。チップは態度があまりよくなかったら，あまりたくさんや

• よそう：盛(湯、飯)。 ㊟盛りつける

• 文句はない：沒有話講；滿意。 ㊟満足する；不平はない

• 悪質：惡劣。 ㊟たちがよくない

る必要はないが，サービス料はどんなに態度が悪くても，一定

の金額（きんがく）をとられるからである。

24. 飽食民族の涙ぐましい努力

日常生活において「食」の占める重要さについては，いまさら言うまでもなかろう。今日，その「食」糧問題で困っている国もまだまだ多い。ところで台湾と日本は，幸いにして，この問題で暴動がおこったというようなことはほとんどない。だが，台湾は別として，日本の食糧自給率はきわめて低い。（小麦や大豆などは，そのほとんどをアメリカからの輸入にたよっている。）だから，日本を殺すには刃物はいらないわけで，石油と穀物（食糧）を日本へ売らなければよいのである。

日本のこうした状態を知ってか知らずか，最近はずいぶん食べ物をそまつに扱うようになった。まだ食べられるのに捨てて

吃飽民族的令人感動的努力

- 涙ぐましい：令人感動的；極感人的。
- 輸入にたよる：依賴進口。
- 刃物：刀刄。
- 知ってか知らずか：知道不知道；是否知道。
- そまつに扱う：糟蹋。　㊟むだにする
- えりごのみ：挑剔。　㊟より好み

しまったり，えりごのみをしたり，偏食したり……。そのため，子供は背丈だけは伸びるが，骨格がひ弱なため，持久力・耐久力はなく，貧血をおこしたり，ころぶとすぐ骨折したりする。大人は大人で食べてばかりいて運動をしないため，肥満になりがちである。特に，家庭の主婦にその傾向がある。（彼女らの優雅な？生活を「三食昼寝付き」と皮肉ることもある。）だから，その肥満・運動不足を解消し，若返りをはかるため，最近，エアロビクス体操というものがはやり出した。ダンスの一つだが，タイツに身をつつんだご婦人が，「イチニ，イチニ」と足をあげたり，体をくねらせたりするのに懸命にとりくんでいる。又，朝早く，あるいは夕方，又は休日などに，付近の公園の周囲などで，きれいなトレーニングウェアを着てジョギングをす

- 背丈：身高。
- ひ弱：軟弱；不堅強。
- 大人は大人で：大人方面，則……。
- 肥満：肥胖。
- 三食昼寝付き：一天三餐外帶午睡。
- 皮肉る＝ひにくを言う：諷刺別人。

△ひにくる＝ひにくを言う　△メモる＝メモをする

△けちる＝けちけちする　　這些爲近來常使用的新說法。

る人々も老若男女（ろうにゃくだんじょ）を問わず多くなった。中には，親子（おやこ）でジョキングに励（はげ）んでいる姿も見られる。運動不足になりがちな現代人にとって，早朝などのジョギングは，健康保持のためのなによりの特効薬なのだ。（もっとも，あまりはりきりすぎて心臓発作（ほっさ）をおこし，病院にかつぎこまれるといったケースもある。）「“飽食民族”の涙ぐましい努力」といえようが，食糧問題に悩む開発途上国の人々は，どのような思いでこうした日本人の姿をみつめていることか。

余談だが，台湾では肥満型の女性を見つけることはむずかしいが，日本では街（まち）を歩けば，そうした女性はすぐ見つかる。食生活のちがい，働き具合のちがい（もちろん，台湾の女性の方がよく働く），甘（あま）いものをとりすぎていることなどがその理由

• 若返り：變年輕；返老還童。

• エアロビクス aerovicks：氧氣健康法。爲最近提倡之健康法，靠吸進氧氣刺激心臟及肺部的活動以促進健康。

• タイツに身をつつむ：穿上緊身衣。　㊟タイツを着る

　タイツ tights：緊身衣褲。

　身をつつむ：裹上身體；穿在身上。

• イチニ，イチニ：號令聲「一・二・一・二」。

であろうが，日本の女性も，「よく食べよく働く」台湾の女性を見習わなければならないのではないか。

• 体をくねらせる：把身體彎曲。　㊟体をまげたりのばしたりする

◎くねる：彎曲。　△ 曲りくねる：彎彎曲曲。

• 懸命にとりくむ：拼命賣力；努力以赴。　㊟一生懸命にやる

◎とりくむ：致力。

• トレーニング　ウェア　training wear：運動衣。

◎トレーニング　シャツ　training shirt：運動衫。

◎トレーニング　パンツ　training pants：運動褲；簡稱トレパン。

• ジョギング　jogging：慢跑。　㊟マラソン marathon：馬拉松。

• 親子：父母和兒女。

• なによりの：最好的；再好不過的。　なによりの→なによりもいい

• はりきりすぎる：過份賣力。

◎はりきる：振作；興奮。　㊟ハッスルする　hustle：積極；振作。

• かつぎこまれる：被擡進去。

• 甘いものをとりすぎる：吃太多甜食。　㊟甘いものを食べすぎる

• 見習う：學習；模仿；向他看齊。

25. 慣習と行儀

毎日忙しい人は朝ゆっくり食事をする時間もない。だから，日本の多くのサラリーマンは「ながら食い」か朝食を食べないで家を出る。そして，電車を待っている間にホームの売店などで売っている牛乳を飲んだり，うどんを食べたりする。しかし，いくら忙しくても，パンやケーキ，くだものやのみものを歩きながら食べたり，飲んだりすることはほとんどしない。ところが，台湾では，きれいなかっこうをした若い女性でも，平気で食べながら歩いている。夏になれば，ソフトクリームをなめながら歩く。これをみると，やはり「行儀が悪いな」と感じる。また，台湾では，魚や肉の骨など食べられないものをテーブル

習俗和禮貌

- ながら食い：一邊做事一邊吃東西。
- 平気：若無其事；不在乎。　㊟気にしない；気にかけない
- 行儀が悪い：不雅觀；不懂禮節；沒有修養。
  ◎行儀：禮貌；行動規矩。

の上や床にそのまま放り出すが，日本では，こういうことは絶対にやらない。必ず皿の上におかなければならない。中国ではテーブルを汚すことがその食事に満足を示すことになるそうだが，あと片付けをする人はとても大変であろう。更に中国料理では，一つのおかずをみんながはしでつついてたべるが，日本料理では，ほとんど自分の皿，自分の料理が決まっているので，そういうことをしない。こうした慣習に慣れないと，何となく不潔な感じがする。ところが，日本では，親しくなると，同じ盃で酒を飲み合うことがある。更に日本人はきれい好きと言われているが，外国人が一番不思議に思うのは，日本人が一つの湯ぶねに大勢いっしょに入ることだそうだ。「ところ変れば品変わる」といわれるが，全くそのとおりだ。

- あと片付け：收拾；善後。
- つつく：（用筷子）夾。
- 湯ぶね：浴池；澡盆。　　㊟浴漕；バス　タブ bath tub
- ところ変れば品変わる：同一件事物在不同的地方，其名稱及含義不一樣；橘生淮南則爲橘，生淮北則爲枳。

26. おじぎと握手

ホテルのロビーや空港などで，日本人と中国人はどのようにして区別できるだろうか。目の色や髪の毛，皮膚の色，体形などでは，ちょっと区別できない。特別な民族衣装（日本女性の着物，中国女性のチイパオ）ならともかく，着ているもので区別するのも不可能に近い。もちろん，ことばの違いから区別はできるが，それでも，じょうずに日本語，中国語をあやつる中国人，日本人もいることだから，これも決め手にはならない。

首からカメラをぶらさげ，メガネをかけ，旅行社の旗の下にぞろぞろついて歩くのが日本人という皮肉な見わけ方もあるが，一目で「あゝ，あれは中国人，あれは日本人」と判断できるの

鞠躬與握手

- おじき：行禮；鞠躬。
- チイパオ＝旗袍。
- あやつる：（自由自在地）操縱；運用自如。
- 決め手：決定性的依據。
- 皮肉：諷刺；挖苦。

は，あいさつの違いによるのではなかろうか。

人と人が対面するとき，日本人はすぐおじぎをする。一回ですむことなく，同じ人に2回も3回もペコペコする。これが中国人にはおもしろく映るらしい。特に，初対面の人や久しぶりに会った目上の人に対しては，ていねいに何度もおじぎをする。そこへいくと，ふつうの場合，中国人のあいさつの仕方は，ヨーロッパ型の握手である。その際，目上の人に対して，目下の者が一段下がって握手するということもない。両者が歩み寄ってがっちり握手する。実は，これが我々日本人にとっては，うらやましいのである。

おじぎをするということは，両者の間に何らかの緊張感を生み出す。特に，目下の者が目上の者におじぎをしたあとは，な

• ペコペコ：形容頻頻鞠躬；點頭哈腰；表現諂媚。
• 初対面：初次見面。
• そこへいくと：（一般做比較時）如此說來；比較起來。
• 一段下がって：退後一步（表示謙虚恭維）。
• がっちり：結結實實的；牢牢的；緊緊的。

おさらである。その結果，話しもスムーズに運ばないことも少なくない。ところが，中国人の場合は握手し終わったあと，目上の者も特に威張った風もなく，目下の者も特に卑屈になることなく，平等に話しが進むように見うけられる。

こういう対人関係における緊張・リラックス関係は，パーティなどにおいてもよく現われている。日本人は常に同じ地位の者同士でグループを作る傾向がある。もし，目下の者が目上の者のグループに入ったなら，それこそ大変である。パーティーが終わるまで縮こまっていなければならない。中国人のパーティーでは，目上の人が，楽しげに目下の者に声をかけるような光景にしばしばお目にかかる。そうすることによって，その場のムードが自然に和らいでくるものだ。

- 威張った風：擺架子的様子。

  ◎いばる：神氣；自傲。　◎風：模樣；神情；樣子。

- 見うけられる：看上去似乎是；看樣子好像是。
- リラックス relax：放鬆；寬舒。
- それこそ：這下可就……。

  △それこそ大変：那可不得了了。

- 縮こまる：（因緊張而）畏縮。　㊌ちぢむ

こういう光景を見るにつけ，日本人はやはり交際べたであり，人の扱いがヘタだなあとつくづく思うのである。

- お目にかかる：見到。　㊟見る
- ムードmood：氣氛。
- 和らぐ：和諧起來；溫暖起來。
- 交際べた＝交際がへた：不善於和人交往。
- ヘタ＝へた：不高明。

27. ルールとマナー

国電で通勤していて，会社からの帰宅途中，以前から気になっていることがある。ホームには公衆電話が置かれていて，勤め帰りのサラリーマンが家に連絡をするために，何人かが，列を作っている。

×時×分発の電車に乗るから，駅まで迎えに来てほしいとか，ふろをわかしておいてくれとか，夕食に注文をつけたり，なかには，子供にみやげを買ったよ，と報告している人もいる。たいていは，20～30秒くらいの短い通話だが，時に延々と長電話にぶつかることがある。後に待っている者は，発車間際の電車のことが気になって，腕時計と電話をかけている人間の背中と

規矩與禮節

- ルール rule：規則。　㊐規則；規定
- マナー manner：態度；禮貌。　㊐作法
- 注文をつける：予約；予先説好。
- 長電話：長時間的通電話；打電話講很久。
- 発車間際：即將開車。　◎間際：正要……的時候。

を交互ににらみつけて，いらいらすることになる。問題はこの公衆電話が二台の場合だ。自分の並んでいる列の電話はなかなかあかないが，隣の列の方は短時間で通話が終わり，どんどん列が短くなっていく。

こういうときには，全くいやになる。そこで一つ提案がある。こういうときそれぞれの電話の後に列を作らず，一列になって待つようにしてはどうかということである。そうすれば，早く電話の終った方から，次々にかけることができ，みんないらいらすることもないだろう。

• にらみつける：瞪眼看；狠狠地瞪。　　にらむ：瞪；怒目而視。

28. 制服—その安心感

日本人は個人行動よりも団体行動を好む，あるいは，集団帰属意識が強いとよく言われるが，そのことは「制服」にも反映しているのではないか。歴史的にみても，日本では，個人主義・主観主義的生き方よりも，集団主義・客観主義の方が主流であった。人と違うことをするより，隣の人と同じように考え行動することが，社会の調和を保つために必要であるとされたわけである。

では，そのことを外面的にはどうやって示すのか。その一つの方法として，着ているものを同じくすることにより，あの人もこの人も同じ団体に属しているメンバーなのだという意識を

穿制服的安逸感

• メンバー　member：成員；會員。

植えつけることがあげられる。つまり「制服」の制定である。こうして，学校で，会社で，官庁で「制服」が着用されることになったわけである。

だが，現在のように価値観が多様化してくると，このような伝統的な日本人の考え方も，大きく軌道修正をせまられることになった。とくに「制服」というのは，デザイン上からみても古くさくて没個性的であり，それに何よりも上から押しつけられたものである，という考え方が強まってきた。だから学校でも，「制服の自由化」ということが，しばしば問題になる。では，「制服」を自由化したら，ほんとうに個人個人が個性あふれる服装をするかというと，残念ながらそれは期待できない。みんな同じように，ジーンズに夏ならTシャツ，冬ならダウン

• せまられる：被催促；被逼迫。　せまる：強迫。　㊟しいられる

• デザイン design： 設計；（服裝）款式。

• 古くさい：陳舊；古老。

• 没個性的：沒有個性；沒有特色。　㊟個性的でない

• 押しつけられる：（由上往下）壓迫；強制。

• 個性あふれる：充滿個性的；頗有性格的。

• ジーンズ　jeans ：牛仔布；牛仔布做的長褲。

ジャケットを着ることになるだろう。確かにこれは上から制定された「制服」ではないが，みんな大同小異(だいどうしょうい)の服装というのでは，やはりこれも「制服」だ。会社の規則で「社員は背広にスーツ」と決めてあるところもあろうが，そのような服装規定のないところでも，その会社の社員は，おそらく紺(こん)系統あるいはグレー系統の背広を着てくるだろう。いわば，自分たちで自主的(じしゅてき)に「制服」を制定しているようなものである。大学生でも昔のように学生服を着ている人は非常に少なくなった。せいぜい運動部の学生か，応援団(おうえんだん)に属している学生ぐらいなものであろう。特に女子学生の服装は派手(はで)でカラフルになってきた。みんな服装関係の雑誌から抜け出(だ)してきたような最新流行の服装をきているが，反面，みんな似(に)かよった服装なのだ。少なくとも

• Tシャツ　T shirt：T恤。
• ダウン　ジャケット　down jacket：鵝毛夾克。
• 背広にスーツ：（男士）西裝和（女士）套裝。　㊟背広とスーツ
　◎此句中的「に」表示並列，如：お茶にみかん
• 紺系統：深藍色系統。
• グレー系統：灰色系統。　グレー grey：灰色。
• いわば：換句話說。

「個性的」と思える服装には，あまりおめにかかれない。

このように，日本人の間には，意識的にしろ無意識的にしろ，他人と似たような考え・行動をとる傾向があり，それは服装の分野でも発揮されているわけで，なかなか「制服」から脱皮(だっぴ)できないでいる。

女子高生の新しい制服

- 応援団：拉拉隊。
- 派手：花俏；鮮艷。
- 似かよう：相似。
- おめにかかれない→見られない：看不到。　　お目にかかる：見到。
- 意識的にしろ無意識的にしろ：不管有意或無意。

  ～にしろ～にしろ→～にしても～にしても

  即使是～或～　；　無論～或是～
- 脱皮：脫離；溜出。　　㊟ぬけ出す

29. カンニング

今度，日本のある大学でカンニングをした学生は，その試験だけでなく，全科目を不合格とするということになった。古今東西，試験があるところでは，カンニングが必ずつきまとう。試験を受ける学生はいろいろな方法を使って，カンニングする。下敷きに書いたり，机の上に書いたりする方法は一般的だが，最近では，とても手のこんだカンニングの方法もある。たとえば，鉛筆を縦に割って，その中にカンニングペーパーを入れ，鉛筆を張り合わせるとか，手のひらに書くとか，あるいは，モールス信号を使って相手に答えを教える，など。なかなかの知能犯ぶりだ。中国でも昔は科挙の試験の時，受験生はいろいろ

作弊行為

- カンニング cunning（學生在考試時的）作弊行爲。
  ㊟試験の時の不正行為
- つきまとう：跟隨；纏著不放。
- 下敷き：墊板。
- 手のこんだ：費手脚的；複雜的；煞費心機的。
  ㊟念の入った；色々と考えて設計した

カンニングの方法を考えたようだ。たとえば，下着(したぎ)に書くとか，弁当(べんとう)のまんじゅうの中にカンニングペーパーを入れるとか，涙ぐましい努力(?)をした。ところでカンニングがみつかった時，どうなるか。先に述(の)べた大学の例は少し厳(きび)しすぎるようである。日本では，一般的に言って，その科目を0点にし，厳重注意か，あるいは，三日間ぐらいの停学処分(ていがくしょぶん)がふつうのようだ。学生の間では，カンニングをしている学生はお互いに知っている。その学生がいい成績(せいせき)をとると，まじめにやっている学生はおもしろくない。だから，監督(かんとく)の人はもっとよく注意しなければならない。ところで，カンニングをやって「英雄(えいゆう)」になった例が最近あった。中国大陸のことで，4人組勢力(よにんぐみせいりょく)が強かったころ，「わからないところをカンニングして，なぜ悪い。わからないよ

- モールス信号Morse Alphabet Code：莫爾斯電報電碼。
  ◎Morse：Samuel Morse：美國電報發明人。
- 涙ぐましい：令人感動的；感動得要流淚的。
- 4人組：（中共的）四人幫。

うな問題を出す教師が悪い」とおかしな理屈をつけて，一躍有名になったが，こんなことは後にも先にもこのときぐらいだろう。カンニングを是認する社会にろくな社会はない。

• おかしな理屈：歪理。

• 是認：肯定。　㊟よいと認める

• ろく：出色；像様；正派（多半下接否定）。　㊟まとも；正常
△ろくでなし：無賴；窩囊廢。
△共産社会にはろくな本は出ない：在共產社會裏不會有像樣的書出版。

試験にカンニングはつきもの？

30. 身分不相応

日本の中・高校生は，あまりにいいカメラを持ちすぎていはしまいか。まだ学生だというのに，プロのカメラマン顔負けの高級なカメラを持っているものもいる。親に買ってもらった者もいれば，アルバイトなどをしてかせいだ金で買った者もいるだろう。いずれにしても，身分不相応としか言いようがない。

確かに，日本のカメラは品質もすぐれている上に，値段もそんなに高くないので，ちょっとお金をためれば，誰でも買うことができる。それに，カメラ店の方でも，中・高校生に安易に高級なカメラを売りすぎるのではないか。「君たちはまだ学生なのだから，こんな高級なカメラを持つ必要はないよ」と言え

不符合身份

- 身分不相応：不符合身份。
- プロのカメラマン professional camera man ：攝影專家。
  ㊟專門の撮影技師。
  ◎プロ：プロフェッショナル ：專業的。
- 顔負け：望塵莫及。　㊟比べものにならない
- いずれにしても：反正；不管怎樣；總之。　㊟どうであろうと

るぐらいの気骨のある店主はいないものか。

カメラだけではない。ラジカセにしろ，電卓にしろ，腕時計にしろ，大人顔負けの豪華な，性能のよいものをもっている。そのくせそれらを大事に扱うかというと，そんなことはない。ほとんどが使い捨て同然である。

中・高校生に「金さえあれば，何でも買える」「世の中，金がすべてである」という気持ちを抱かせるのは問題がありはしないか。

• 気骨がある：有骨氣。

• ラジカセ　radio＋cassette：收錄音機。

• 電卓：「電子式卓上計算機」的簡稱。

• 大人顔負け：連大人都辦不到的；大人都比不上的。

• そのくせ：儘管……可是；雖然……但是。

• 使い捨て：用完就扔。

• 同然：和……一樣；當作……。通常用作接尾辭。

最近の学生はプロカメラマン顔負けの高級なカメラを持っている

△ 紙くず同然：和廢紙一樣；視作廢紙。

△ 他人同然：和外人一樣；當作外人。

△ 使い捨て同然：和用完就扔一樣。

現在の新幹線（時速 210 km）

1. 東海道（とうかいどう）新幹線　　東京——新大阪 552.6 km
2. 山陽（さんよう）新幹線　　新大阪——博多（福岡県）623.9 km
3. 東北（とうほく）新幹線　　東京——盛岡（岩手県）535.3 km
4. 上越（じょうえつ）新幹線　　東京——新潟 303.6 km

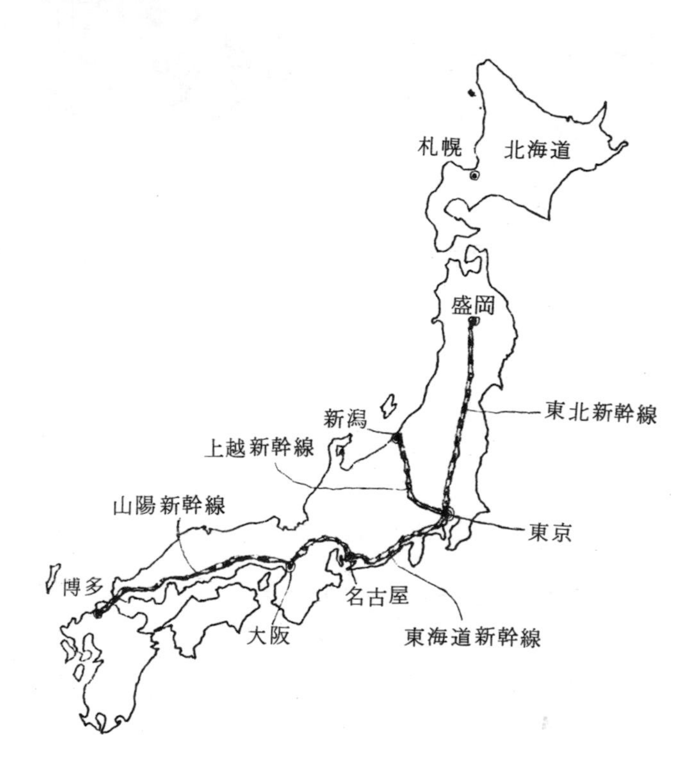

31. 長者番付と脱税

去年一年間に，だれがお金をいくらかせいだか，ということがある官庁から発表された。それを見てあの人がこんなにかせいだのかと驚くと同時に，このお金をどうやって使うのかと考えたりすることもある。ところで，野球，ゴルフ，ボクシングなどのスポーツ選手の中で，王貞治が一番収入が多かった。2億8千万円である。野球選手としてのサラリーは8千万円で，残りは王がコマーシャルに出たときの謝礼などである。ところが，この2億8千万円のうち，半分以上は税金として，とられてしまうので，実際の収入はこんなに多くない。この表を見ると，全然有名でない人の名前が突然出てくることがある。そう

納稅排名榜和逃稅

- 長者：富翁；財主。　㊟大金持；富豪
- 長者番付：這一年中收入最多者的排名榜。
- 脫稅：逃稅。
- かせぐ：賺錢；因工作而掙到錢。
- 官庁：政府機關。　㊟役所
- コマーシャル commercial：商業廣告。　㊟CM

いう人はたいてい土地を売って金をもうけた人なのだ。だから，こういう人はその次の年になると，この表から姿を消してしまう。王貞治はここ十年ぐらい，毎年スポーツ選手の中でいつもNo 1か№2であるから，ほんとうに立派だと思う。日本人は誰一人として王が不正な方法でこれらのお金をかせいだとは思わない。しかし，中には，なぜこの人がこんなに収入が多いのかと不思議に思われる人もいる。ところで，お金をかせいだら，そのうちのいくらかは税金として引かれるのはあたりまえだ。しかし誰でもあまり税金をたくさんとられたくない。そこで昔からいろいろ脱税の方法を考える者がいる。日本では，医者が一番脱税が多いそうである。医者は職業上，いろいろな品物が必要経費として課税されない上に、いろいろうその申告をするか

• 土地を売って金をもうけた人：一般稱他爲「土地成金」；出售土地賺錢的人。
◎ 成金：暴發戶。
• 申告：申報。

らである。私たちサラリーマンはどんなに収入を隠してもすぐ見つかってしまう。税務署はサラリーマンからは一円もまちがいなく税金をとるのに，医者のようなお金持ちに対しては非常にルーズである。こんなことが行われているから，日本の医者はだめになってしまったのである。

• ルーズ loose：散漫；不認眞。 ㊟いいかげん；だらしがない

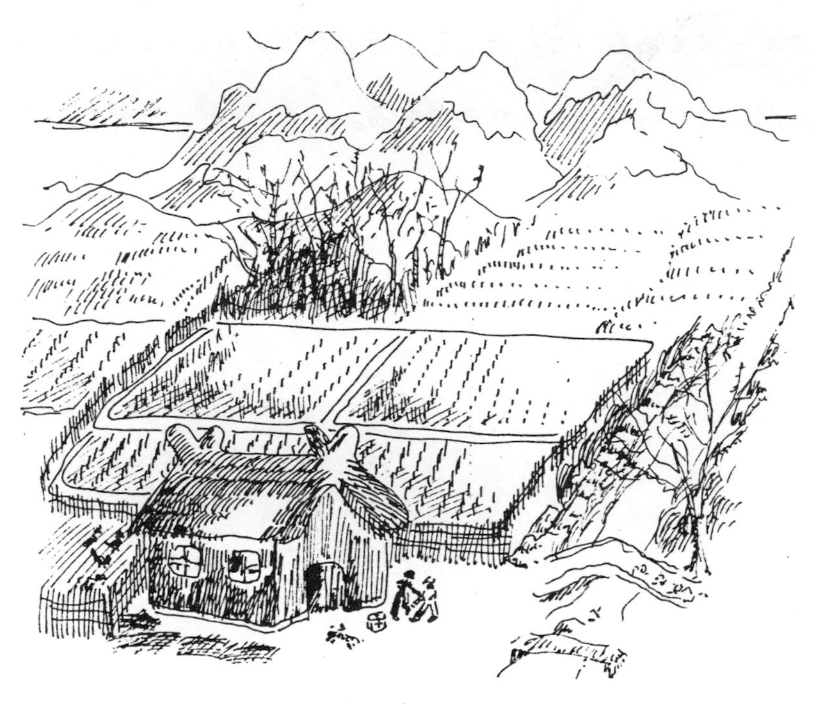

ふるさと

32. ふるさと

年が明けた。お正月をふるさとで家族といっしょに過ごした人たちが再び東京へ戻ってくる。どの人も手に手にふるさとのにおいをつめたおみやげを持っている。久しぶりに親や兄弟と会って，のんびりとたのしいひとときを過ごしたのだろう。みんな生き生きとした顔をしている。しかし，今日からまたあの忙しい都会生活が始まるのだ。それを考えると憂鬱になる。こうして，都会へ戻ってくるたびに，私はあののんびりとした田舎の生活が自分に合っているのかもしれないと思う。田舎には刺激がない。自分一人だけいると，何だか取り残されたような気になる。同年代の若者がほとんど都会へ出ていくので，私も

故郷

やって来た。流行のファッション，いろいろな楽しいあそび場，最新の映画，きれいな喫茶店，……どれも私の心を引きつける。しかし，なぜか私の心は満たされない。そこには，人間と人間の心の触れあいがほとんどないからだ。会社の仕事が終り，街の食堂で晩御飯を食べ，アパートへ戻ってくる。寒い冬の夜，ひとりでこたつにあたっていると，ふるさとのことが思い出されてならない。友達と花を摘んで遊んだあの野原，嫁ぐ姉を見送ったあの橋のそばの杉の木かげ。小魚を釣ったあの小川。そして，静かにまぶたを閉じると，あのころの懐しい想い出が次から次へと浮かんでくる。

• こたつ：（日式房屋內的）暖爐。

△掘りごたつ

△電気ごたつ

△置きごたつ

• まぶた：①眼皮。

②腦海。

△あの顔がまぶたに浮ぶ：想起那張臉。

△まぶたの母：永遠記在腦海裏的母親。

33. ジャパゆきさん

台湾と日本のために，あえてお互いの恥部をさらけ出そう。

台湾でも1979年以来，海外旅行が自由化されて，多くの台湾の人々が日本を訪れるようになった。どこの国の人でも同じだが，旅行におみやげはつきもの。台湾へ帰る人でごったがえす成田空港には，かかえきれないほどのおみやげを持ってかえる観光客でいっぱいだ。よく見ると，やはり小型電化製品（電子ジャー，ポット）とか，マイコンを使った高級なおもちゃ，さらに日本の薬など，日本で買うと安いが，台湾で買うと高い品物が多いようである。

ところで最近は，こうした観光客以外にも，台湾の人々が多

赴日做特種生意的女子

• ジャパゆきさん：此語由「からゆきさん」變出來。

◎「からゆきさん」（唐行き）爲從前到南洋一帶去賺錢的日本女子的稱呼，當時的日本人對外國都稱爲「から」（唐）。

• さらけ出す：揭發；暴露。

• 旅行におみやげはつきもの：旅行離不開禮物。

◎つきもの：附帶的東西。

く日本へ来ている。商用とか留学の人々は珍しくないが，芸能タレントや各地のホテル・飲食店で働いている人々もけっこう多い。これらの中には，観光ビザで日本へ来て，ビザの期限が切れるまで滞在し，その間，アルバイトをして金をかせいでいる人もいる。これは何も台湾の人ばかりではなく，フィリピンやタイなど東南アジアの国々からの人々もかなり多い。何しろ，日本でちょっとアルバイトでもすれば，一日8時間働いたとして，1ケ月（25日）で，10万～12万円ぐらいはかせぐことができる。本国よりもはるかに多い収入である。（日本人の経営者としても，誰でもできるような仕事ならば，日本人より安い給料で働く外国人の方を雇いたいと思うのは当然だろう。）

しかし，いいことばかりではない。このように観光ビザで入

- ごったがえす：擁擠混亂。　㊟混雑する
- かかえきれないほど：（多得）提都提不動。
- 電子ジャー　jar：電子煮飯鍋。
- ポット pot：壺。
- マイコン → マイクロコンピューター　microcomputer：超小型電腦。
- 芸能タレント：演藝人員。　◎タレント：talent
- けっこう多い：意外地多；相當多。

国して金をかせぐことは違法だから，見つかれば罰せられ，本国へ強制送還ということになろう。又，どうしても，短期間のうちに少しでも多くの金をかせごうとするから，食費などをきりつめ，無理をして働くことになる。あげくの果ては，女性の場合，バーとか，キャバレー、ナイトクラブのホステスやトルコ嬢などになり，自分の体を売ってまでして金をかせぐ。男性の場合は，主にレストランなどの皿洗いが有力な働き場所である。いずれにしろ，こうした風俗営業や飲食産業の背後には，暴力団がからんでいることもあり，一度足をつっこむと，容易にぬけられないことも多く，しまいには，悪の道にのめりこんでいってしまう。額に汗して働かずにお金が手に入るときには，何か甘い罠があるものだ。

• 何も……ばかりではない：並不是只有～。
• 何しろ：總之；無論怎麼說。
• きりつめる：縮減；節約。　㊟節約する
• あげくの果て：到了最後。　㊟その結果
• ホステス hostess：在酒吧、舞廳、酒店中陪客的女子。
• トルコ嬢：土耳其浴的女性服務員。第二次大戰後，日本流行土耳其浴，而其女服務員被稱爲「トルコ嬢」，但是頗多色情行爲，所以被人不齒。最近

これとは対照的に，台湾＝男性天国ということで，日本人の男性観光客が札束をきって台湾の女性と遊びふけり，「旅の恥はかき捨て」ということで傍若無人の振舞いをし，台湾の人々のひんしゅくを買っていることについては，拙著「日本世俗短評」（続集）に詳述しておいたので，そちらを参照していただきたい。

土耳其留日學生遂提出抗議，要求日本不要使用「土耳其」名稱。現已改爲「特殊浴場」或「ソープランド」，所以「トルコ嬢」已成爲歷史名詞。

㊟ミストルコ

- 皿洗い：洗盤子。
- 風俗営業：特種營業。
- 暴力団：黑社會組織。
- からむ：糾纏；有關係；瓜葛。

• 足をつっこむ：介入；涉足。

• のめりこむ：陷入惡劣環境中。
△悪の道にのめりこむ：走上邪道。

• 額に汗する：努力工作；拼命勞動。　㊟汗水（あせみず）たらして

• 甘い罠：看似美好的陷阱。

• 札束をきる：用大把大把的鈔票。　㊟お金をどんどん使う

• 遊びふける：沉迷遊樂　◎ふける：耽於；熱中於。

• 旅の恥はかきすて：日本俗語，「旅行時不怕被人笑」因爲旅行在外，自己做了點不體面的事也沒人知道。

• 振舞い：行爲。

日本人觀光客

34. チラシ広告

朝のひととき，忙しい時間をさいて，新聞に目を通してから出勤する人も多い。

ところで，その配達された新聞を広げると，二つ折りの新聞のあいだに，小さいものでもわら半紙の半分ほどの，大きいものになると新聞紙大もあるチラシ広告がはさまっている。スーパーの安売り商品の紹介だの，会社の従業員募集だの，土地・住宅の売り出しだの，どこそこに×××が開店したとかいったものが多い。

新聞広告は不特定多数の人を対象とするが，チラシ広告は，広告主の近隣の，そして比較的狭い範囲の人を対象としている。

廣告傳單

- チラシ＝散らし：廣告傳單。
- 二つ折り：摺成兩半；對摺。
- わら半紙：用稻草纖維製成的粗糙的白紙。

  ◎半紙：長約 35 cm、寬約 25 cm 大的日本紙，常作爲紙的面積的基準。
- はさまる：夾在中間。　c f. はさむ

たとえばスーパーのチラシについてみてみよう。チラシの中には，必ず目玉商品(めだましょうひん)というものがある。一例(いちれい)をあげると，火曜日に限り醤油(しょうゆ)を他の曜日より（もちろん他の店よりも）ほんとうに安く売る。（台湾のように，一度値段をつり上げておいてから，2割・3割引(わりびき)するのではなく，日本の場合は正直正銘(しょうしんしょうめい)，ほんとうに平常(へいじょう)の価格(かかく)の2割・3割引にするのである。）人々は，自宅から少々遠くても，その安い醤油を求(もと)めて，そのスーパーに殺到(さっとう)するのである。

ところが，人間とは愚(おろ)かなもので，その醤油だけ買ってその他のものは買わずに帰るということをしない。必(かなら)ずそのスーパーで，ついでにということで，タマゴとか肉(にく)とかも買ってしまう習性(しゅうせい)がある。それが，スーパーの安売りのねらいなのだ。結(けっ)

• スーパー super market：超級市場。

• 安売り：特價。

• だの：等等還有……。　㊟などや

• どこそこ：某某地方。

• 目玉商品：用以招攬顧客的特別價廉物美的商品。

• 正真正銘：眞正的；不折不扣的。　㊟ほんとうに

局，醬油を目玉商品として客を呼び寄せ，他の品物もついでに買わせようとする巧妙なテクニックに，我々がまんまとひっかかってしまうのである。

日本の物価は高い，といわれる。それはそれでまちがいはないのだが，一般の庶民はいつもデパートの高い商品ばかりを買っているのではない。主婦は，毎日，新聞といっしょに入ってくる何種類というチラシを見比べ，「このスーパーのタマゴは安い」「あのスーパーの衣服は安い」ということで東奔西走し，少しでも安い品物を買おうとするのである。

醬油を買ったついでに，なぜ他のものもスーパーで買うのか。それは，日本のスーパーは台湾のそれと違い，スーパーに衣食住に必要な日用品のほとんどがそろっており，おまけに品数

- 殺到する：湧到；蜂擁而至。
- ついでに：順便。
- ねらい：目標；本來的目的。
- テクニック technic：技巧；手法。
- まんまとひっかかる：順順當當的上當。
- おまけに：加上；並且。

も多く，値段も一般の商店(しょうてん)より高くないからである。だから日本では，毎年，小売業界(こうりぎょうかい)の売(う)り上(あ)げ高№1(ナンバーワン)，№2(ツー)，№3(スリー)は，デパートを押(おさ)え，スーパーが占(し)めている。大きいスーパーになると，5階・6階建(だ)て以上というのも珍しくない。

• No. 1 ：第一名；冠軍。

35. アフター　サービス

我々は高価な品物を買うとき，その品物が長持ちするかどうかをよく確かめて買う。安いけれど，すぐこわれる品物は，人々に嫌われる。昔の日本の製品は安いけれどすぐこわれることで有名だった。今の日本の製品はあまり安くはないけれど品質はとてもよくなった。ところで，同じ品物を買うとき，安いけれど買ったあとこわれたとき，すぐ修理にきてくれない店と，少し高いけれどアフター　サービスが非常によい店と，どちらを選ぶだろうか，もちろん我々は後者を選ぶであろう。現在，日本では，電気製品などの場合，だいたい1～3年がアフターサービスの期間である。その期間中なら，もしこわれたとき

售後服務

- アフター　サービス after service：商品的售後服務。
- 長持ちする：耐久；耐用。

◎長く持つ＝長い時間そのままの状態が続く。

◎持つ＝保つ

無料（むりょう）で修理してくれる。ところが，その期間がすぎると，修理代がとてもたかくなる。だから人々は，「あんまり修理代が高いなら，新しい製品を買った方がよい」という考えを持つようになる。しかし，この考え方は危険なのではないか。企業（きぎょう）としては，そういう考えの人々がたくさん出てくることを望んでいるのだ。なんとかして今持っている品物をあきらめさせて，新しい製品を買わせようとする。表面（ひょうめん）の装飾（そうしょく）をちょっと変えただけで，まるで全く違う製品のように宣伝（せんでん）する。我々はこうした宣伝に惑（まど）わされないような知識を持つことが大切ではないか。更に，ちょっとどこかが故障（こしょう）すると，すぐ修理屋さんを頼（たの）む人がいるが，よく考えれば自分で直せる場合もたくさんある。生活が便利になればなるほど，我々はいろいろな商品（しょうひん）に対する知

・あきらめる：死心；打消。

識をもたなければならなくなる。

アフターサービスの非常によ
い店は消費者の信用を得る。

36. 粗大ゴミ

大量消費社会の出現とともに，各家庭から出されるゴミにも，いろいろなものが見られるようになった。その中で外国人をびっくりさせるものの一つに，粗大ゴミがある。要らなくなったテレビやステレオなどの電気製品，ソファー，タンスなどの家具類，ガスレンジや電気炊飯器などの台所用品，このような個人では処理できない“ゴミ”を，1週間に1度，自宅近くの所定の場所まで持っていくと，あとは市役所の清掃車が運んで捨ててくれるのである。要らなくなったものの中には，もちろん使えないものもあるが，ちょっと修理すれば使えるものも非常に多いし，そのまま使えるものもけっこうある。

大型垃圾

- ゴミ＝ごみ：垃圾。
- ステレオ stereo：立體音響。
- タンス＝たんす：衣橱。
- ガスレンジ gas range：瓦斯爐台。
- 電気炊飯器：電鍋。

◎けっこう：當副詞用時，有「意想不到的美好」的意思。（通常下接可

なぜ，このようなまだ使えるものを捨ててしまうのだろうか。一つには，家が狭くて新しいものを買った場合，古いものの置き場所に困る，といったことがあるかもしれない。しかし，そんなことより，たとえば電気製品の場合，修理費が高くつき，けっきょく新製品（しんせいひん）を買っても，金額面（きんがくめん）でたいしてちがわないということがあるのだ。もっと根本的（こんぽんてき）な背景に，高度経済成長に伴（ともな）って，日本人の心の中に，「消費は美徳（びとく）」「使い捨て」という考えが浸（し）みわたってしまったためだろう。

以前はこうではなかった。日本人はものを大切にし，何度も何度も修理して最後まで使ったものだ。外国人がこのような粗大ゴミの山をみたら，日本人の生活は豊かでうらやましいなどとは決して思わないだろう。そして逆に，日本人はなんとむだ

能肯定詞）

△この車は古いがけっこう役に立つ：這部車雖然老爺可是蠻管用的。

△10年前のカメラだがけっこうよくとれる：雖然是十年以前的相機，可是照得蠻好的。

△台湾もけっこう寒いですね：台灣也蠻冷的嘛！

• 高くつく：化費大，價錢高↔安くつく：化費少；省；便宜。

△タクシーで行くと高くつくからバスに乘った：因計程車太貴，所以

使いをしているのかと，あきれると同時に軽蔑（けいべつ）の念（ねん）を抱（いだ）くにちがいない。

坐巴士去了。

△下宿では自炊したほうが安くつく：租房子住時，自己煮飯就省多了。

• 浸みわたる：浸透；透徹。

• むだ使い：浪費。

家庭のゴミは市役所の清掃車が運んでくれる。

37. おくりもの

日本人はものをもらったり，贈ったりするのが好きな民族である。日本では，夏と年末になると，常日頃お世話になっている人におくりものをする習慣がある。夏のおくりものをお中元といい，年末のおくりものをお歳暮という。この季節になると，人々はデパートへ行って，人にやるおくりものを選ぶ。その中で，一番人気のあるのは，洋酒のセット，かんづめや石けんのセットそれにハンカチ，靴下のセットであろう。相手の住所と名前を書いて，お金を渡せば，デパートがその品物を相手の家まで届けてくれるから，とても便利だ。確かに，相手の家へ自分でおくりものを持っていった方が心がこもっているだろう。

禮　　品

- 常日頃：平素；日常。　　㊟ふだん
- セット set：套組。　　㊟一組；一そろい
- 心がこもる：含有誠意；有眞心。　　◎こもる：含有；充沛。

㊟真心のこもった；誠意のある

しかし，自分も相手も忙しいときは，こうしたデパートの無料配達を利用して，おくりものを届けるやり方が，現在一般的である。有名人の家は，そのようなおくりもので部屋がいっぱいになるそうだ。有名人 の場合でなくても，別々の人からもらったおくりものが全く同じであるときもある。あるいは，お酒をのまないのに，人からお酒をもらう場合などもある。そういうときは，それらのおくりものを又，別の人にあげることになる。それをもらった人が更に別の人にあげる場合がある。こうしているうちに，中の品物がくさってしまったということもあるらしい。ほんとうにおせわになった人におくりものをするのならいいが，わいろのような性格のおくりものは，やはり望ましくないだろう。

• 無料配達：免費送貨。

• くさってしまった：腐爛掉了。

〜てしまった：表示有意外的結果。

△われてしまった：忘掉了。

△なくしてしまった：遺失掉了。

△こわしてしまった：搞壞掉了。

• わいろ：賄賂。　㊟そでのした

38. 過保護社会

昔に比べて親が子供に甘くなったのは，日本だけのことではないかもしれないが，やはり，日本は世界でも指折り（ゆびお）りの「子供天国」ではないかと思う。特に昨今のように，核家族化が進行し，子供が一人，二人という家庭では，なおさら親は子供を大事にし，まるではれものにさわるような扱（あつか）いをするようになってしまった。そのため，子供は苦労に耐（た）えることも知らず，ものを大切にすることも知らず，親を尊敬することも分（わ）からず，ただわがままいっぱい，やりたい放題のことをするようになってしまった。欲しいものはすぐにでも手にすることができ，ありとあらゆるぜいたく品（ひん）にかこまれながら，それでも文句だけ

過保護社會

- はれものにさわるように：小心翼翼；唯恐引起對方不愉快。
  ◎はれもの：膿包；腫瘤。　◎さわる：摸到；碰到。
- ありとあらゆる：一切所有的。
- 文句だけは一人前：喻小孩子尚未成人愛發牢騷挑毛病。
- わがままいっぱい：非常任性；嬌生慣養。　◎わがまま：任性。
  ◎いっぱい：①表示分量　△水を１杯下さい。
  ②表示飲酒　△みんなで１杯やろう。

は一人前に言う。このように子供を甘やかしたつけは，今，家庭内暴力となって親たちの頭上（ずじょう）にふりかかってきている。

だが，この過保護現象はどうも“人間”に対してだけではないようだ。日本ではデパートに限らず，商品に対して必要以上の包装を行う。

ある人から贈り物をもらったとする。まずひもをほどき，次にデパートの包装紙をはがし，更に美しいデザインの化粧箱（けしょうばこ）をあける。そして，カンのふたをとり，中身が動かない目的で詰（つ）められているパッキングを取り去って，はじめて中身にありつける。実は，これは先日，私が受けとった贈り物の中身（チョコレート）を取り出すまでの過程である。ほんとうに，中のチョコレートをとり出すまでにひと苦労する。このような過剰

---

③表示充満　△目に涙を1杯ためていた。

④表示全部　△私は今月1杯ここにいます。

⑤習慣語　　△まんまと1杯食わされた。

此文中的いっぱい為④。

• つけ：賬單；賒賬。

◎子供を甘やかしたつけは家庭内暴力となって親たちの頭上にふりかかってきた：父母溺愛孩子的結果（賬）變成家庭內的暴力，落到他們（父母）的頭上來了。

• ～とする：假定；假設。

包装が価格に反映されていないことはない。これが台湾だったら，どうだろうか。こんな“過保護”はありえないであろう。又，日本の本には，必ず表紙にきれいなカバーがしてあるが，更に書店では，本を買うと，そのカバーの上に，デパートの包装紙と同じように，その書店の名前が入ったカラフルなカバーをしてくれる。こうして，本も二重（にじゅう）・三重（さんじゅう）の“過保護”扱いを受ける。本は年々高くなるが，もしこのような表紙のカバーをなくしたら，その値段はもっと安くなるだろう。

【注】デパートの包装紙は，一種の「信用」を示している。人々は少々高くても，贈答品（ぞうとうひん）などはデパートで買うことが多い。それはデパートで売っているものは，品質が保証されているという抜（ぬ）きがたい“神話”があるからだ。だから，贈り物をもら

- ひも：繩；帶。
- 化粧箱：禮物用的精美紙盒。
- 中身：裝在裏面的東西。
- パッキング packing：包裝用塡料（紙屑或泡沫等）。
- ありつく：（好不容易）得到。
- ひと苦労する：頗費工夫。
- カラフル colorful：多彩的；五顏六色的。

う方でも，その贈り物の中身がたとえ他の店で売っているものと同じであっても，「××デパート」の包装紙をみると，安心感をもつのである。

書店のブックカバーについては，表紙をよごさないという機能の他に，車中などでその本を読んでいる時，どんな題名の本か人に知られないですむという役目(やくめ)も果(はた)している。別に悪い本を読んでいるのではない時でも，日本人は自分が読んでいる本（の題名）が人に知られるのをとても嫌(いや)がる傾向(けいこう)がある。書店の方からすれば，ブックカバーに書店名を入れることにより，ＰＲ(ピーアール)にもなるという事情もあろう。

- 贈答品：贈送或回禮的物品；禮品。
- 抜きがたい神話：無法動搖的傳說。
  ◎神話：很奇怪的傳說。一件不太合理的事情，但現在一般人都相信的傳說。
- よごさない：不弄髒。
- 別に～ではない：並不是什麼……。
- ＰＲ　Public relations：宣揚；廣告。　㊇宣伝

39. 日本の犯罪

今年の1月末に，銀行強盗殺人事件がおこって以来，同じような事件が続発している。犯人はたいていピストルを持って銀行に押し入り，人質をとって，金を要求する。もちろん銀行の方も十分警戒をしているわけだが，とっさのことなので，どうすることも出来ない。事件がおこったら，すぐ警察に連絡する装置もあるが，「いざ」となると，あわててしまい，うまくいかないようだ。最近では，高校生などがおもちゃのピストルを使って銀行強盗をやったりする。更に、小さい子供を誘拐して，その親に多額の金を要求するような事件も頻発している。子供のいる学校に、たとえば「お母さんが急病だから,すぐ帰るよう

日本的犯罪

- ピストル pistol：手槍。
- とっさのこと：一轉眼的事。　◎とっさ：瞬間。
  ㊟急なこと；だしぬけのこと；突発事項。
- いざとなる：一旦有事；緊急時。
  いざ：緊急時的感嘆詞；出自古典謠曲「鉢の木」的「いざ鎌倉」。
- 誘拐：拐騙 ；綁架

に」などと電話をし，その子供を連れ出す方法がよく使われる。学校の教師がちょっと注意すれば，こんな事件はおこらないはずだが，やはりあわてていると，こういうニセ電話にひっかかってしまう。更に，最近は発生していないが，ハイジャックがある。これも人質をとって金を要求するやり方だ。なぜ，日本では，このように人質をとって金を要求する事件が多発するのだろうか。これは根底に「命は地球より重い」という考えがあるからかもしれない。こうした事件の犯人に対し，日本の警察はじつにねばり強く説得する。人質の命が第一だからだ。もし，犯人を射殺するような行動をとって，人質もいっしょに殺されたら，世論は警察を非難するだろう。血を見ないで平和的に解決することが，島国日本の伝統であり，血で血を洗う歴史をあ

- ニセ電話：假冒的電話。　◎ニセ＝にせ：假僞。
- ひっかかる：受騙；上當。　㊇だまされる
- ハイジャック high jacking：劫持飛機。
- ねばり強い：有毅力和耐心。　㊇根気強い；辛抱強い
- 説得：説服。

まり経験しなかった日本人にとっては「犯人射殺」はいきすぎだと映るのである。

• いきすぎ：做得過分。　　㊟やりすぎ；度をすごす

40. 自殺

12月下旬に，日本と台湾で映画関係の人が二人自殺した。台湾では，映画スターで，日本はディレクターである。スターの自殺の原因は，他の人がほうびをもらったのに，自分だけがもらえなかったのを苦にしたものだが，これは，いかにもメンツを重んじる中国人らしい。日本は自殺王国といわれるが，このような理由で自殺するようなことはあまりない。このニュースが新聞で大きく報道されたこともあって，この映画は現在，大ヒットで上映中の映画館の前は連日長蛇の列だそうだ。日本のディレクターの自殺の原因は，映画以外の仕事を始めたが，その仕事がうまくいかなくて借金で首が回らなくなっ

自殺行為

- ディレクター director：導演。
- ほうび：獎品。　㊟賞品；賞状
- 苦にする：苦惱；憂慮。　㊟心配する；なやむ
- メンツを重んじる：愛面子。　メンツ＝面子　重んじる：看重。
- 大ヒット：大大出名。　ヒット hit：演出成功。

たためらしい。そのほか，妻以外の女性関係が原因であるともいわれる。自分の寝室(しんしつ)で猟銃(りょうじゅう)で胸を撃(う)って死んだ。世界の国の中で，日本はスエーデンとともに自殺の多い国として知られている。昔から，日本では「散(ち)り際(ぎわ)が大切である」と考えられてきた。武士(ぶし)は自分が過(あやま)ちを犯(おか)すと，責任(せきにん)をとって切腹(せっぷく)したし，軍人(ぐんじん)も死ぬときはいさぎよく腹(はら)を切った。そうしたことは，現在の日本では，ほとんど見られないが，十年ほど前に三島由紀夫(みしまゆきお)という作家(さっか)が割腹自殺(かっぷくじさつ)をしたので，世界の人々は，日本ではまだそういうことが行(おこ)なわれていると思っている。現在日本人の自殺で一番多いのはガス自殺，飛(と)び込(こ)み自殺などであり，最近は高いところからの飛(と)び降(お)り自殺も多い。台湾のスターの飛び降り自殺の場合も，下に誰もいなかったからいいが，もし歩

- 首が回らない：陷於困境（此句大都用於因負債而壓得擡不起頭來時之形容）。

  ◎借金で首が回らない：債台高舉。

- 散り際が大切：指人死時要爽快利落，不可貪生怕死。

  ◎散り際：花散的時候，轉義指人死時。

- 過ちを犯す：犯錯。
- 飛び込み自殺：跳進（鐵軌、火山等）自殺。

いている人がいたら，その人こそいい迷惑(めいわく)である。自殺の原因はいろいろあるが，最近では，サラ金というところから借りた金を返せなくなって一家心中(いっかしんじゅう)するというケースが非常に多く，大きな社会問題(しゃかいもんだい)となっている。

• いい迷惑：倒霉極了。いい：（作反語用）糟糕；不好。

△いい恥さらしだ：眞是丟人現眼。

△いい面(つら)の皮だ：丟盡了臉。

△いい年をしてまだ女に迷っているのか：歲數也不小了，還在迷戀女色呀！

△彼だけがいい子になったのか：只有他當好人啊！

• サラ金＝サラリーマン金融：專對薪水階級的高利貸公司。

41. 日本人の語学ベタ

通勤・通学途上の日本人で，おしゃべりをする人はあまり多くない。眠っているか，本・雑誌・新聞を読んでいるかのどちらかであった。（もっとも，その雑誌についてだが，大人が少年向けの雑誌を読んでいることも珍しくない。）ところが，近年，これに加えて，ヘッドフォンを耳につけ，音楽・語学のテープを聴いている若者も多くなった。バスや電車はどうしても揺れる。揺れる車中（しゃちゅう）で，長時間（ちょうじかん）にわたって本や新聞を読むことは，やはり目のためにはよくないだろう。その点，遊んでいる耳を活用することを思いついたことは，すばらしいことである。だが，これにもやはり欠陥（けっかん）がある。歩きながらテープのボリュ

語言能力很差的日本人

- 語学ベタ：沒有語言才能。　　ベタ＝ヘタ＝下手：不高明；差。
- ヘッドフォン headphone：雙耳式耳機。　㊟イヤホン
- 遊んでいる耳：空着的耳朵；耳朵沒有在用　㊟使っていない耳
- ボリューム volume：音量。

ームを大きくして聴いている人もいるが，これでは車の迫(せま)ってくる音やクラクションも耳に入らないだろうし，第一，難聴(なんちょう)になるおそれがある。これらのテープ類は，やはり車中で適当なボリュームで聴くのが最良の方法といえよう。

日本には，こうした通学・通勤途上における語学力向上のためのテープ類以外にも，いろいろな器具が学校に，会社に備(そな)わっており，語学教科書も非常に豊富である。しかし，その割には，日本人の語学力は，昔と比べてもあまり向上しているとはいえない。単一民族で島国，他民族に征服されたことのない歴史的環境，それに戦後の経済成長にともない，日本語は世界各地に進出していき，その土地のことばをどうしても覚えなければならないという必要性があまりないこと（日本語でもかなり

• クラクション klaxon：汽車喇叭聲。 ㊟クラクソン

• 難聴：重聽。

• 向上：進步。 ㊟じょうたつ

• 単一民族：日本人常說日本是單一民族國家，但是嚴格說來在北海道尚有一萬五千名的蝦夷民族，不過實際上，這少數民族對一億的大和民族起不了作用。

通用すること），これらのことが，国際化時代になった今日でも，他の国のことばを真剣(しんけん)に学びとるという姿勢(しせい)の欠如(けつじょ)となって現われている。

世界でも有数の語学教材・語学機器がありながら，それを十分生(い)かせず，又，生かそうとしない日本人は，ほんとうに語学ベタ民族といえよう。なまじ日本人が進出していった先で，日本語が通用することが，かえって語学学習に対して安易な態度をとらせていることは疑いない。この台湾で，何人の日本人が中国語・台湾語を自由にあやつることができるか。（その逆，つまり台湾の人々が日本語を自由に駆使(くし)できることはあっても………）

- 真剣：認眞。
- 姿勢：態度。
- 生かす：活用；利用。
- なまじ：怪只怪；倒不如。
- あやつる：操縱；運用自如。　　㊟自由に使う
- 駆使：運用自如。

42. 東洋人の謙虚さ

日常生活のなにげない動作やことばの中にも，台湾と日本ではいろいろな違いが見られておもしろい。

日本人のあいさつは，頭を下げておじぎをするが，台湾の人人は握手がふつうのようである。だから，空港などで日本人と台湾の人がいっしょにいるときの見分け方はきわめて簡単である。おじぎをしている方が日本人だ。台湾の人がらみれば，一度おじぎをすればよさそうなものを，我々日本人は何度も何度もおじぎをする。特に目上の人や偉い人に対してそれを繰り返す。台湾の人々がこういう光景を見たら，思わずふき出してしまうだろう。【ついでながら，台湾の人は「ありがとう」「す

東方人的謙虛作風

- なにげない：無意中的。
- よさそうなもの：似乎就可以了。

みません」を一度しか言わないが，日本人はそれを何度も言う。翌日（よくじつ），又は数日後，改（あらた）めて会った時などにも，「あのときはどうもありがとう」とか「この前は大変失礼しまして，すみませんでした。」などと言う。台湾の人からみれば，「ありがとう」「すみません」の大安売り（おおやすうり）に映（うつ）るだろう。何回も感謝したり，あやまったりしなければ気（き）がすまないという気持ちが，日本人の中にあるのだ。】

さらにこっけいなのは，こうしたおじきが電話の応対（おうたい）のときにも出てしまうことだ。まさかＴＶ（ティーヴィー）電話でもあるまいし こちらの姿は相手にわからないのに，電話の前でペコペコおじぎをする。特に，相手が上司の場合はなおさらである。

さて，近所の人に道で会うと，日本人は「どちらへ」とか「

- 大安売り：大拍賣。
- 気がすまない：不放心；不過癮。
- ペコペコおじぎをする：再三再四地叩頭作揖。
  ◎ペコペコ：形容頻頻彎腰作揖（表示獻媚）。

いいお天気ですね」とあいさつをかわす。【ところが，商人の街大阪では，あいさつも商売に関してのことである。「もうかりまっか」「あきまへんわ」（大阪弁）などという。】台湾では，「你吃過飯了没有」（吃飯了嗎？）というが，いかにも「食」を重視する中国人らしいあいさつだと思われる。

又，そんなに親しくない者同士が出会ったりすると，「狭いところですが，どうぞ一度いらして下さい。」とか，手紙などでは「近所にお越しの節は，ぜひ拙宅へお立ち寄り下さい。」などと書くが，それを真にうけて実際にその家を訪れたりすると，とんでもない礼儀知らずだとされる。その点，台湾の人々は，客扱いが日本人より上手なので，こういうことはないだろうと思われる。

- もうかりまっか：（大阪方言）賺錢嗎？生意好嗎？
- あきまへんわ：（大阪方言）不行呀！
- 節：時候。
- 真にうける：當眞。　㊟ほんとうにする
- 礼儀知らず：不懂禮貌（的人）。

ところで，人の家を訪問するときには，おみやげを持っていくのがふつうであり，相手に渡すときには，「ほんのつまらないものですが……」などと卑下したいい方をする。この点では，台湾でも「小意思」「一点心意」というから【ついでに言うと，韓国でも「ほんのつまらないものですが」というらしい】，やはりこれは東洋人共通の謙虚さとみていいだろう。【日本では，たいした贈り物ではない時には，「粗品」などと箱の包み紙の上に書くことが多い。】その家の主人が客に「何もありませんが，どうぞ召し上がって下さい。」とか，帰り際に「何もおかまいできませんで……」などと言うのも，やはり卑下した謙虚な態度の現れであり，西洋人にはあまり理解できないであろう。

• 卑下する：自卑；謙虚。　㊟へりくだる；けんそんする

• 何もおかまいできませんで：怠慢；招待不週。

43. 流行歌とビデオ

昔から日本と台湾の間には，いろいろなことがあった。もちろん，いいことばかりでなく，不幸な事件もたくさんあった。今日も日本と台湾の関係がうまくいっている，と言えない面がある。まず，第一に，国交がないことだ。しかし，国交がなくても，経済や文化の交流は国交がある国以上に盛んである。ところが，その経済も台湾の方の大幅入超であり，文化の交流もやはり日本からの流入が多いようである。たとえば，日本の新聞には台湾のことはあまりのらないし，台湾の文化についての紹介もほとんどない。一般の日本人が台湾について知っていることと言えば，「観光」ということぐらいであろう。もっとも

流行歌與錄影機

• ビデオ video：電視錄影機。　◎ビデオテープ Video tape：錄影帶。

台湾の一般の人も日本についてどれだけ正確(せいかく)に知っているか疑問(ぎもん)である。

ところで，日本のある有名人(ゆうめいじん)が台湾へ来て，あまりに日本の流行歌が台湾ではやっているので，「外国へ来た気がしない。日本にいるみたいだ。」と言った。それほど，現在，台湾の流行歌には日本の歌が多い。もちろん歌には国境(こっきょう)がなく，よい歌は世界のどこへでも広まっていくのだろうが，やはりこんなに日本の歌ばかりはやっていると，いい気持ちがしない者も多いのではないか。また，テレビの番組などにも日本のまねが多いという。（双星報喜,黄金拍檔）よい番組をまねるならいいが，日本で下品(げひん)とされてるようなものまでまねるのはあまり感心(かんしん)できない。更に最近では，ビデオが台湾でも急速(きゅうそく)に普及(ふきゅう)している

• 有名人：有名氣的人；著名人士。

• いい気持がしない：心中不愉快；不舒服。

• あまり感心できない：不覺得有什麼好；有反感。

ようだが，それをよいことに利用するならよいが，あまりよくない番組やポルノフィルムを見るようなことでは，社会の風紀(ふうき)を乱(みだ)すだけであろう。

• ポルノフィルム porno film：色情影片；黃色電影。

44. 流行歌

以前，東呉大学の日本語科の4年生を対象として「日本文化史」という講義をしたとき，4～5回にわたって「日本の流行歌」をとりあげてみた。昭和の始めから現在までのおよそ100曲あまりを実際に教室で歌いながら，その歌詞に含まれている日本人の心情などについて解説したわけである。そのあとのテストに「100曲のうち，どの歌の，どんな点がよかったか」という問題を出したところ，「水色のワルツ」という歌をあげた学生が最も多かった。一番だけ，その歌詞を紹介してみよう。

君に逢う　うれしさの

胸に深く　水色のハンカチを

流行歌曲

- 水色：粉藍色。　㊟空色（そらいろ）
- ワルツ waltz：華爾滋舞曲。

ひそめる　ならわしが

いつの間にか　身に染みたのよ

涙のあとを　そっと隠したいのよ

「どんな点がよかったか」ということについては，「直接，恋とか愛とかいう表現はされていないが，歌詞全体から恋する気持が十分ににじみ出ている」という指摘が多かった。

学生たちが言うように，確かに日本人（ばかりでなく東洋の人）は，昔は，恋の直接表現はせずに，遠回しの言い方をしてきた。ところが，最近の若い人向けの流行歌には，露骨に恋とか愛とかいうことばを前面に出しているものが多く，その曲もテンポが早く，じっくりと聞かせる歌が少なくなった。日本の若い人が好む歌の多くは，たとえ今，流行していたとしても，

- ひそめる：隱藏。
- ならわし：習慣。
- 身に染みる：深深體會；習以爲常。
- にじみ出る：自然流露出來。
- 遠回し：委婉；不直接；繞著彎。
- テンポ＝テムポ tempo：節奏；拍子；速度。

すぐ消え，長く人々の心に残らないであろう。曲が忙しすぎ，歌詞に「詩」のにおいがしないからである。それに，聞いていてどこの国の歌だかわからないような「無国籍歌」が多すぎるのも気にかかる点である。

しかし，このような流行歌の中にあっても時たま，老若男女を問(と)わず，人々の心を揺(ゆ)さぶるいい歌も現われる。次に紹介する歌は，日本はもちろん，台湾でも中国大陸でも，そしてシンガポールでも，人々に愛されている歌である。（日本語の歌詞は「望郷(ぼうきょう)」をテーマにしている）

北国の春

白樺(しらかば)　青空(あおぞら)　南風(みなみかぜ)

こぶし咲く　あの丘　北国の

・曲が忙しすぎ：節奏太快。

・老若男女：唸「ろうにゃくなんにょ」或「ろうじゃくだんじょ」均可。

・白樺：白樺樹。

・こぶし：辛夷。

ああ　北国の春

季節が都会では

わからないだろうと

届いた　おふくろの　小さな包み

あの故郷へ

帰ろうかな　帰ろうかな

こういう歌がヒットすることからみると，生活様式がアメリカ化するにつれ，日本人の心の持ち方も急変しているのは事実だが，根底では，やはり日本人の心情は変わっていないのではないかとも思えるのである。

ところで，台湾の街を歩くと，やたらと日本の新旧の流行歌が耳に飛びこんでくる。台湾の人にとっては，必ずしも喜べな

• おふくろ：娘；親娘；老媽。
• やたらと：過分；任意；胡亂。

い現象であろうが，その中には，台湾の人の琴線に触れるようないい歌もあるはずである。「歌は国境を越えて歌いつがれる」というときの歌は，やはり「水色のワルツ」「北国の春」のような歌であって，若い人が歌っているような「無国籍」の歌ではないはずである。

• 琴線に触れる：動人心弦。

北國の春

白樺　青空　南風
こぶし咲くあの丘　北国の　ああ　北国の春
季節が都会では　わからないだろと
届いたおふくろの　小さな包み
あの故郷(ふるさと)へ　帰ろかな　帰ろかな

雪どけ　せせらぎ　丸木橋
落葉松(からまつ)の芽がふく　北国の　ああ　北国の春
好きだとおたがいに　言いだせないまま
別れてもう五年　あのこはどうしてる
あの故郷へ　帰ろかな　帰ろかな

山吹き　朝霧　水車小屋
わらべ唄聞こえる　北国の　ああ　北国の春
あにきもおやじ似で　無口なふたりが
たまには酒でも　飲んでるだろか
あの故郷へ　帰ろかな　帰ろかな

45. カラオケ公害

日本の日常生活の中には，いろいろと便利なものが多い。日本人は，元来（がんらい），「ものまね民族・模倣（もほう）民族」だが，ただそれだけに終（お）わらず，必ず創意工夫（そういくふう）をこらし，よりよい改良型を生（う）み出そうとしてきた。とくに，電化製品などは，使いやすさと便利さの面で他国のものを一歩も二歩もリードしている，といえよう。そうした背景に，日本の家屋が狭いことがあげられるかもしれない。狭い空間をうまく利用するために，いろいろ創意工夫がこらされるわけだ。

昨今はやりのカラオケもその一つである。スナックやバーのみならず，近ごろでは家庭にもずいぶん普及してきた。カラオ

伴唱機公害

- カラオケ→空オーケストラ：伴唱機
- 創意工夫：下工夫研究創新。
- よりよい：更加好。　㊟更によい
- 一歩も二歩もリードしている：遙遙領先。
  リード lead：率領；帶頭。
- スナック→スナックバー　snaek bar：快餐點心店；酒吧。
- のみならず→だけでなく

ケとは，空のオーケストラ，つまり，歌の伴奏音楽だけを録音したテープを流し，その伴奏に合わせて，マイク片手に自分でその歌を歌う装置である。

日本人は，もともと引っこみ思案の人が多かったが，このカラオケの出現で，「人前でも堂々と歌を歌える」という人も多くなった。何しろプロの歌手と同じ伴奏でその歌を歌えるわけだから，気分は爽快である。そして，今や宴会では，このカラオケはなくてはならないものの一つになっている。

ところで，このカラオケを家庭で使用されると，たいへん近所迷惑となる。何せ，日本の住宅は狭いうえに，隣り近所とも軒を接している。このような状態の中で，夜中までカラオケをやられると，歌っている本人はいいだろうが，近所の人は安眠

- マイク片手に：手持麥克風。　　マイク→マイクロフォン microphone
- 引っこみ思案：怕出風頭。
- 気分：心情。
- 近所迷惑：妨礙鄰居。
- 何せ→何しろ
- 軒を接する→軒をつらねる：房屋櫛比；一家挨一家。
- 夜中：半夜。

を妨害される。とくに，スナックやバーが住宅地にあると，その迷惑ははかり知れない。

現代社会には，いろいろな公害が発生しているが，暴走族の夜中の“爆音”とともに，このカラオケの騒音公害が，近年，やり玉にあがっている。ピアノもそうであるが，音楽・楽器類を楽しんでいる者は，えてして，他人の迷惑に気がつかないものだ。夜××時までというように，時間を限って使用すべきであろう。（以前，階下のピアノの音がうるさい，ということで，そのピアノを弾いていた人が殺された事件があった。気が短い日本人を象徴する事件でもあるが，又，ピアノの音も人によっては騒音になるということをよく示した事件でもあった。）

- はかり知れない：無法估計。
- 暴走族：指日本時下愛好刺激糾集飈車的年輕人。
- やり玉にあがる：被當作攻擊、責難的對象。
  ◎やり玉＝槍玉：槍把子。
- えてして：毎毎；往往。　㊟ややもすれば；よく
- 階下：樓下。

46. あまりに日本的なクリスマス

日本人は「外国文化とり入れ」民族である。古(ふる)くは中国から，明治以後はヨーロッパから，そして戦後はアメリカから，生活文化をはじめいろいろなものをとり入れた。とり入れすぎて，日本独自(どくじ)のものを失ってしまった点もあるが………。

とり入れるのはよいが，本来の姿とかけ離(はな)れてしまったものもある。たとえばクリスマス。日本人はもともと宗教心はあまりないが，好奇心の強い日本人は，仏教もキリスト教もちゃんととり入れている。しかし，どちらも今の日本人の生活に溶けこんでいるとは言い難(がた)い。その代り，本来あるべき宗教に対する信仰心とは別に，儀式や宗教行事・お祭りについては，かな

過份日本式的聖誕節

- かけ離れる：離得很遠；差距很大。　㊟非常にちがう
- 本来あるべき：元本該有的。
- のみならず：不僅僅是；不單是。　㊟だけでなく
- うず高く積む：堆積如山。
- 売りさばく：積極銷售。
- 気のぬけたビール：漏了氣的啤酒。

り熱心である。

12月24日ごろになると，ケーキ屋さんの店頭(てんとう)のみならず，街角(まちかど)にはクリスマスケーキをうず高く積んで，道行く人に売りさばこうとする光景がみられる。（どの店員の顔も必死である。24日・25日をすぎたクリスマスケーキなんて，気のぬけたビールみたいなもの。それにケーキは生(なま)ものだから，そう長持(ながも)ちはしない。26日になれば，売れ残ったケーキは，二束三文(にそくさんもん)で売りさばかれることになる。）

昨今は，家庭で静かにクリスマスを祝う(?)（クリスマスケーキを食べる）風潮(ふうちょう)が主流(しゅりゅう)を占(し)めてきたので，勤(つと)め帰(がえ)りのサラリーマンは，たいてい一つか二つ，クリスマスケーキを買って帰るようである。別にこの日になって急に日本人の多くがキリス

• 生もの：生鮮食品（容易腐爛；不能放久）。

• 長持ち：保持長久。

• 二束三文：一文不値半文；非常便宜。

• 風潮：風氣。

• 主流を占める：占大多數。　◎主流：主要傾向。

ト教徒になり，クリスマスを祝うわけではないから，日本における クリスマスとは，まさにクリスマスケーキを家庭で，家族そろって食べる日である，といえるだろう。

2月14日は，昨今（さっこん），日本の若者の間（あいだ）で非常にもてはやされる日となった。聖（せい）バレンタインデーである。この日は，女性が男性に愛を告白（こくはく）でき，その証拠としてチョコレートを贈るのだという。そんな奥（おく）ゆかしさが今も残っているのかと不思議に思う。最近では，白昼堂々（はくちゅうどうどう）(?)と，女性が男性に愛を告白しているではないか。もっとも，こんなことをまじめに考える方（ほう）がどうかしているのであって，要するに，チョコレートメーカーがバレンタインデーなるものを演出し，それに若者が踊（おど）らされているだけのことである。何とおめでたい民族であるか。そして，いい

• 昨今：最近；近來。　㊟近ごろ

• もてはやされる：被珍視；受歡迎。

• 聖バレンタインデー　st. Valentine Day：范倫泰節；情人節。

• 奥ゆかしさ：典雅；有涵養。

• 白昼堂々：光天化日之下公然的；在大白天毫無顧忌的。

• チョコレートメーカー　chocolate maker：巧克力糖製造商。

• なるもの：所謂的。　㊟と言うもの

年をした男と女が，こんな他愛(たわい)もないことに熱中している日本とは，何と平和で，無邪気(むじゃき)な国なのかと思う。

- 踊らされている：被利用；被操縱。
- おめでたい：天眞的；沒有腦筋的；過份老實的。　㊟馬鹿正直(ばかしょうじき)
- いい年をした：年紀不算小的；已到懂世故的年紀的。
- 他愛ない：無聊的；不足道的。　㊟つまらない；ばかげた
- 無邪気：天眞；幼稚。　㊟幼稚な

47. 日本人の笑い㈠

人間はうれしいとき，楽しい時に大いに笑うが，日本人は世界の民族の中でも特別な笑い方をするというので，外国人から不思議がられている。もともと笑いというものは相手に敵意のないことを示すのに使われる。いわば社交上のテクニックなのである。異民族 間で血を流し合った 歴史をもつヨーロッパでは，この社交上の笑いがとても重要になる。ところが，単一民族で同一言語，それに同じ文化をもち，農耕を営んできた日本には，ヨーロッパのような笑いが生まれなかったのは当然である。社交上の笑いというものが日本にあることはある。だが，これは自分を目だたすためではなく，ましてや相手を自分の味方にし

日本式微笑㈠

- 不思議がられる：被認爲不可思議；被人奇怪。
  ㊟不可解に思われる；おかしく思われる。
- テクニック technique：手法；技巧。　㊟やり方
- 目だたす：使人注目；變顯著。　㊟目立てる；人目につくようにする
- ましてや：「まして」的加強語氣說法。　㊟それぱかりではなく
  ◎まして：況且；何況。

ようとして用いる笑いでもない。つまり，会合などでよく微笑している日本人をみかけるが，これは自分がみんなと仲よくやっていることを示すためなのである。だから，もし，微笑をしている人のところへ話をしにいくと，その人は恥しそうな顔をして，どこかへ逃げようとする。こういうことはヨーロッパでは，ほとんどないから，ヨーロッパ人の目から見ると，日本人の笑いは不可解ということになった。ときどきヨーロッパ人はおせじで「日本人の笑いは神秘的だ」などというが，実際は，日本人に対して不信の念を持っているのだ。道などで知っている人にあったときなどもヨーロッパ人は大げさに微笑して，握手をしにくる。ところが，日本人は笑顔をむずかしい顔につくりなおし，まじめな顔で頭を下げる。ほんとうに親しい間の時

- おせじ：恭維話。
- むずかしい顔につくりなおす：改換成嚴肅的表情。

は，にこにこと微笑するが，一般的には微笑で親しさを表現(ひょうげん)することはあまりしないのである。その代りに男性なら「オース」，女性なら「アラー」という声を出したりする。

• オース：嗨！（熟人見面時的招呼聲）也說オッス。

48. 日本人の笑い(二)

では，日本人が西洋人のように心の底から大いに笑うときとは，どういうときであろうか。それは落語を聞いたり，テレビのお笑い番組をみたりするときである。このときは，日本人はあまりおかしくなくてもほんとうによく笑う。「笑う門には福来たる」ということばもある。確かに，笑いが絶えない家庭は明かるく楽しい家庭である。しかし，一般的に言って，日本人は人前での笑いを慎しむ傾向がある。もともと笑い声だけ聞こえて，笑う内容がわからないと，他の人間は不安感を持ちやすい。自分のことを笑っているのではないかと思うと，笑っている人が憎らしくなることがある。このようなことはある仕事を

日本式微笑(二)

- お笑い番組：胡鬧劇；滑稽節目。
- 笑う門には福来たる：〔俗語〕和氣致祥。
- 慎しむ：節制；努力避免。　㊟注意してやめる

みんなで協力してやるときなど，全体の歩調を乱す心配がある。昔の日本の家はたくさんの人がいっしょに住んでいた。そして，部屋と部屋の間には，障子や襖というような紙や布でできた戸があるだけである。だから笑い声はすぐ隣りの人に聞こえてしまう。人の悪口を言って笑っているのではなくても，内容がわからない笑いを聞くのはいやなものである。こういう笑いが原因で誤解を生むことも多い。だから人々は笑いというものに対して，とても用心深くなり，神経質になってしまうのである。更に，日本では，あまり長く笑い続けたり，大声で笑うのは教養のない人，下品な人とみられており特に，女性は人前で歯を出して笑うなどはいちばん卑しいと教えられてきたことなども日本人の笑いを特殊なものにした原因だろう。

- 用心深い：非常小心謹愼。　㊟よく気をつける；注意深い
- 教養：修養；涵養。
- 卑しい：下流；下賤。　㊟低俗；下品

49.日本の歳末風景㈠

12月のことを師走ともいう。ふだんは落ちついている先生も，12月になると，そわそわしているのだろうか。一年の最後の月ということで，12月は，どの人もみんな忙しそうに見える。デパートはお歳暮を買う人でいっぱいだし，ふだんはあまり人がいないような高い品物を売っている店でもかなり人がいる。ボーナスを使って買おうとする人たちだ。そして，どの店でも12月になると，「歳末大売り出し」をやり，ふだんより安く(?)品物を売って，お客さんに来てもらおうとする。しかし，ボーナスをもらっても自由に使えない人もいる。それは借金をしている人たちだ。借りたお金は必ず12月31日までに返さなければな

日本的年關㈠

- そわそわ：心神不定；坐立不安。
- お歳暮：年節禮品。
- ボーナス bonus：（年終）獎金。　　㊟賞与金；特別配当金
- 歳末大売り出し：年終大減價。　㊟年末バーゲンセール bargain sale

らぬのだ。こういう人たちにとってみれば，せっかくボーナスをもらっても，大部分はすぐなくなってしまうのだから，ほんとうにつまらない思いをするだろう。更に，ボーナスをもらえない人だってある。不景気(ふけいき)の会社や，その日，その日の賃金(ちんぎん)をもらって生活している人だ。こういう人はしわすの風が一段(いちだん)と身にしみることだろう。だれでも新年は，いい着物を着て，おいしい料理(りょうり)を食べたいと思うだろう。しかし，自分の子供にそういうことをしてやれない人もいるのだ。悲観(ひかん)した結果，親子(おやこ)心中(しんじゅう)というようなこともある。12月には，とくに，こうした事件が多いのだ。そういう恵(めぐ)まれない人を助けるために，12月になると，歳末助け合(さいまつたすけあ)い運動というものが行なわれ，お金や衣類(いるい)などを寄付(きふ)する人も多い。

• しわすの風が一段と身にしみる：更深切的感到年底的寒風逼人。
• 親子心中：父母帶領子女一同自殺。
• 歳末助け合い運動：年終互助活動；雪中送炭活動。
　◎赤い羽根運動：爲貧窮者募捐，送一支紅色羽毛的活動。
• 寄付：捐贈。

50. 日本の歳末風景(二)

12月下旬になると，街はいっそうあわただしくなる。特に，クリスマスの頃はあわただしさが頂点に達する。日本人は不思議な民族である。クリスチャンでもないのに，クリスマスを祝う。祝うといっても，ほんとうに心から祝うのではなくて，わいわい騒いだり，クリスマス・ケーキを食べたりするだけだ。ちょっと前までは，東京の繁華街はクリスマスには夜遅くまでにぎわったものだが，不景気になった最近は，クリスマス・ケーキだけを買って，家へ帰り，一家そろって過ごす人が多くなった。つまり，ヨーロッパのような落ちついたクリスマスになってきたといえるかもしれない。クリスマスが過ぎると，ほと

日本的年關(二)

- あわただしい：匆匆忙忙。
- わいわい騒ぐ：大聲吵鬧。　◎わいわい：形容很多人大聲嚷嚷。

んどの家庭では大掃除をしたり，お正月の準備にとりかかる。最近は，お正月を海外で過ごすという人も多くなり，そのため，この時期は空港は超満員になる。さて，いよいよ12月31日になると，日本中が楽しみに待っているテレビの番組が始まる。おおみそかの夜に放送される紅白歌合戦という番組だ。これはその年に活躍した男女おのおの25人の歌手が，自分の得意な歌を歌い，それに審査員が点をつけ，どちらがいいかを競う番組である。これに出られる歌手は一流の歌手ということになるので，選ばれた歌手は感激して，できるだけいいドレスを着て，全国民に自分の晴れ姿を見せようとする。この番組の視聴率は80%を越えるというから，まさに驚異的である。台北のビデオ喫茶店でも見ることができる。

- 紅白歌合戰：紅白歌唱擂台。
- おのおの：各各。
- 晴れ姿：穿著體面的姿態；風風光光的樣子。
- ビデオ喫茶店：備有錄影片的咖啡店。

日本全國共分八個行政區

① 北海道地方：包括石狩、空知、上川、後志、桧山、渡島、胆振、日高、十勝、釧路、根室、網走、宗谷、留萌等十四支庁。

② 東北地方：包括青森、岩手、秋田、山形、宮城、福島六県。

③ 関東地方：包括東京（都）、神奈川、埼玉、群馬、栃木、茨城、千葉等一都六県。

④ 中部地方：包括新潟、富山、石川、福井、愛知、静岡、岐阜、山梨、長野等九県。

⑤ 近畿地方：包括大阪（府）、京都（府）、和歌山、奈良、三重、滋賀、兵庫等二府五県。

⑥ 中国地方：包括鳥取、島根、岡山、広島、山口等五県。

⑦ 四国地方：包括徳島、香川、高知、愛媛等四県。

⑧ 九州地方：包括福岡、佐賀、長崎、大分、熊本、宮崎、鹿児島、沖縄等八県。

國家圖書館出版品預行編目資料

現代日本人の生活と心/小室敦彥著；謝良宋註解.--一版.--臺北市：鴻儒堂,民73

面；公分

ISBN 957-9092-99-0(平裝)

1.日本語言—讀本

803.18　　　　87001814

現代日本人の生活と心 II

CD書不分售
本書附CD3片定價：510元

中華民國七十三年九月初版一刷
中華民國八十九年一月初版六刷
本出版社經行政院新聞局核准登記
登記證字號:局版臺業字1292號

編　　著：小室敦彥
註　　解：謝良宋
發 行 人：黃成業
發 行 所：鴻儒堂出版社
地　　址：台北市中正區100開封街一段19號2樓
電　　話：二三一一三八一〇・二三一一三八二三
電話傳真機：二三六一二三三四
郵政劃撥：〇一五五三〇〇之一號
E — mail：hjt903@ms25.hinet.net